novum pocket

Daniëlle Buizer

Dora & Odylle

novum ⟁ pocket

© 2022 novum publishing

ISBN 978-3-99010-983-0
Omslagfoto: Daniëlle Buizer
Ontwerp omslag, lay-out & typografie:
novum publishing

www.novumpublishing.nl

Climate neutral
Print product
ClimatePartner.com/16547-2201-1002

Aan mijn kinderen,
omdat jullie mijn dromen zijn ...
Aan mijn moeder en vader,
mijn lieve motivators ...
Aan jou, omdat ik van je hou ...

Daniëlle Buizer

NOVELLE

Dora luisterde naar het regelmatige tikken van de regen op haar slaapkamerraam. Ze had gisteravond een wilde nacht gehad. Patrick was om 22:30 uur bij haar langsgekomen. Hij had haar een uur lang geneukt. Het was enigszins ruw geweest, maar wel lekker. Hij had haar afwisselend van doggystyle naar missionarishouding genomen. Daarna was hij vertrokken. Hij bleef nooit slapen. Dat vond ze wel jammer. Ze droomde ervan in lepeltjeshouding naast een warme man wakker te worden. Ze was een beetje doelloos wakker geworden. Ze had weinig te doen vandaag. Het was zaterdag. Ze had geen zin om mensen op te zoeken, behalve dan haar beste vriendin, Odylle. Ze bleef lekker in bed liggen tot ze honger kreeg. Ze ontbeet met een mango. Meer had ze niet in huis. Daarna haalde ze Odylle op met haar Fiatje om samen naar het strand te gaan. Ze reden door de smalle straatjes van Villa Nova. De meeste huizen waren klein, wit en aan elkaar geplakt. Ze parkeerde haar auto en samen zochten ze een leuk plekje uit op het strand. Ze legden een dekentje neer onder een palmboom. Odylle had een heel picknickpakket voorbereid en meegenomen. Ananas in stukjes, druiven en stokbrood met mozzarella, pesto en tomaat. Ze legde het op het kleed en ze begonnen al kletsend te smikkelen. Daarna trokken ze hun jurkjes uit en doken in bikini de zee in. De golven waren rustig, het zeewater was warm. Dora ging op haar rug liggen met gesloten ogen en genoot van het zonlicht op haar gezicht. Odylle ging een eindje zwemmen. Dora durfde zelf niet te ver te zwemmen. Ze was altijd een beetje bang een haai tegen te komen. Na een tijdje dobberen zwom ze terug naar het strand. Terwijl ze het water uitliep zag ze een prachtige man met exotisch uiterlijk net het water ingaan. Ze zei: 'Hallo.' Hij glimlachte zijn witte tanden bloot en groette haar terug. Toen dook hij de zee in. Vanaf haar dekentje probeerde ze nog blikken van hem op te vangen. Maar net als Odylle, was hij lekker ver gaan zwemmen. Af en toe zag ze nog zijn door afstand verkleinde hoofd boven de golven uit deinen. Ze probeerde te rusten, maar het lukte niet, dus liep ze weer naar de zee. Odylle kwam net de zee uit. 'Heb je die mooie man gezien?' vroeg Dora. 'Nee, welke?' vroeg Odylle. Die daar en ze wees ergens in de verte. 'O ja, prachtig,' grapte Odylle. 'Ik kan hem ook zo goed zien hè, vanaf hier.' Met z'n tweeën liepen ze naar "hun" palmboom. 'Zullen we een ijsje halen?' vroeg Odylle. 'Nee, wacht, straks zijn we die knappe hunk kwijt,' reageerde Dora. 'Ah, die is nog wel even in de zee joh, kom mee.' Samen liepen ze naar het ijskraampje dat zo'n honderd meter verderop in het zand stond. Dora kocht een White Snicker Icecream. Odylle ging voor een ijsje met aardbeiensmaak. Al smullend liepen ze terug. Vlak naast hun handdoek lag "mister nice guy" op zijn handdoek te drogen in de zon. Hij had een zonnebril op. Toen ze expres om hem heen liepen, keek hij op en groette hen. 'Dag dames, alles goed?' 'Ja hoor, hai,' antwoordden ze bijna in koor en ze liepen verder naar hun dekentje. Om toch goed zicht te houden op die knappe gast aten ze in kleermakerszit de rest van de ijsjes op. Hij was op zijn buik gaan liggen zodat hij hen ook goed kon bekijken.

Hij had een prachtige licht gebruinde huid, vond Dora. Ze wisselden steelse blikken met elkaar. Toen stond hij op en liep naar hen toe. 'Hai, ik zal me even voorstellen. Ik ben Jason,' grijnsde hij. Ze staken hem allebei een hand toe en hij schudde ze een voor een. 'Hai, ik ben Dora.' 'Hai, Odylle heet ik. Leuk je te ontmoeten.' 'Hebben jullie zin in een wandeling dames? Ik weet een supermooi plekje daar achter de rotsen.' Hij wees in de verte. 'Daar kunnen we mooi samen zitten en van de zee en elkaar genieten. Gaan jullie mee?' 'Oké, lijkt me leuk.' Dora keek naar Odylle. 'Wat vind jij?' 'Wandelen is leuk en jouw gezelschap lijkt me ook niet verkeerd,' lachte ze naar Jason. Ze deden allemaal hun spullen in hun tassen en liepen in rustig tempo richting de rotsen zonder veel te zeggen. Achter de rotsen lag een klein stukje strand. Maar er was niemand en door de rotsen kon ook niemand hen zien. Daar moest je eerst overheen klimmen. Ze legden hun dekentje op het zand. Jason ging op zijn handdoek zitten, rommelde wat in zijn tas en haalde een zakje wiet, vloeitjes, filtertjes en gezoet aloë vera-sap tevoorschijn. Hij had genoeg bij zich om voor ieder een jointje te draaien, maar vroeg eerst beleefd of ze er überhaupt zin in hadden. 'Ja hoor, prima idee,' antwoordde Dora. 'Mag ik eerst ruiken?' vroeg Odylle. 'Haha, jij bent een expert!' lachte Jason. Ze deed het zakje open en rook eraan. Het rook heerlijk verfrissend en scherp. 'Nou, geen expert hoor, mijn eerste keer eigenlijk, maar ik wil het wel proberen,' zei ze. Hij rolde er drie. Zo te zien was hij wel een expert. Ze waren perfect gerold. Ze stopten hun jointjes in hun mond en hij stak ze als een gentleman voor ze aan. In combinatie met de geur van de zee was dit heerlijk. Dora voelde haar hele lichaam ontspannen, maar ook licht tintelen. Ze kon maar niet ophouden te kijken naar Jason. Hij keek af en toe ook kort naar haar, maar nooit te lang. Alsof hij haar niet wilde storen in haar gestaar.

Ook Odylle genoot van de sfeer, het jointje en het uitzicht. Dit mocht heel lang duren van haar. Alleen moest ze zo naar haar psycholoog Marcel toe. Marcel was een vriendelijke man. Maar zijn kritische blik op alles wat ze zei maakte haar een beetje zenuwachtig voor elk gesprek dat ze met hem had. Ze keek naar Jason. Marcel was meer haar type, maar ze kon zien waarom Dora hem zo knap vond. Hij had prachtige donkerbruine ogen, lange rechte wimpers en zonder te weten wat voor werk hij deed, leek hij op een miljonair. Dora was, naast zijn ogen, die een paarse gloed kregen als hij haar nieuwsgierig aankeek, ook gefascineerd door de vorm van zijn handen. Ze leken zacht en sterk tegelijk. Verder had hij prachtig ravenzwart golvend haar, een lang hoekig gezicht met deukjes in zijn wangen als hij lachte en een heerlijk gespierd lichaam met een mokka-achtige kleur huid. Waarschijnlijk was hij enigszins verbaasd over hoe ongegeneerd ze de tijd nam om hem in zich op te nemen. Het was alsof ze zijn uiterlijk nooit meer wilde vergeten. Bovendien was de spanning die het staren met zich mee bracht leuk tussen hen. 'Wat voor werk doe je?' vroeg Odylle. 'Ik ben op zoek naar werk op het moment,' zei Jason. 'Nu leef ik van mijn vaders erfenis. Mijn vader was een rijke zakenman. Dus ik heb financieel gezien niet te klagen, maar ik heb eerder als timmerman en schilder gewerkt.' 'O, echt?' vroeg Odylle. 'Ja, hoezo?' 'Je leek me meer het type advocaat of accountant, vandaar.' 'Nee joh, ik werk graag met mijn handen,' zei Jason en hij knipoogde daarbij naar Dora, die verlegen glimlachte. Had hij nu al door dat ze voor zijn handen openstond? Nou ja, misschien was ze wel behoorlijk lang, opvallend en verlangend aan het staren geweest. Hij had in de tussentijd iets kunnen opvangen van het smachtende gevoel in haar binnenste. 'En wat doe jij voor werk, Odylle?' 'Ik ben mondhygiëniste. Ik heb mijn eigen goedlopende praktijk. Maar jij verzorgt je gebit goed zo te zien.' 'Nou, ik voel me wel bekeken hoor! Haha, maar dank je wel.' En weer schitterden zijn tanden in het zonlicht bij zijn lach. 'En jij Dora?' vroeg hij met een lage zachte stem. 'Ik verkoop mijn eigen schilderijen en maak muziek.' 'Zing je?' 'Nee, kon ik dat maar. Soms doe ik dat wel hoor, dan probeer ik het. Maar als ik mezelf dan opneem en de opname terugluister, merk ik tot mijn teleurstelling dat mijn stem veel te schel klinkt. Nee, ik speel cello.' 'Dat kan natuurlijk ook aan de opnameapparatuur liggen. Maar een cello, wat is dat dan voor instrument?' 'Dat zou je als timmerman toch moeten weten. Het is een instrument dat grotendeels van hout is gemaakt. Ik laat je mijn cello misschien nog wel een keer zien.' Ze zei "misschien" maar ze bedoelde "natuurlijk". Als hij dat ook wilde tenminste. 'Oké, dat lijkt me interessant,' zei Jason gelukkig. Er was dus hoop op een weerzien, dacht Dora opgelucht. Odylle wilde de helft van haar jointje weer teruggeven aan Jason. 'Ik wil de pret niet bederven, maar ik moet gaan. Ik heb een afspraak met mijn psycholoog.' 'Nee, hou maar joh. Kun je misschien gebruiken na je afspraak met je psycholoog.' 'Ah, met je onbereikbare liefde zul je bedoelen,' zei Dora. Odylle rolde met haar ogen. 'Laat me met rust. Hij gaat heel professioneel met me om.' 'Ja, dat is het hem juist. Vind je het erg als ik nog even blijf? Of moet jij ook weg, Jason?' 'Nee, ik heb alle tijd vanmiddag.' 'Oké, kun jij Dora dan thuisbrengen zo? Dan kan ik haar auto even lenen,' zei Odylle. 'Met plezier,' zei Jason. 'Zozo, dat regel je allemaal vlot!' lachte Dora. 'Is goed. Breng hem morgen maar weer terug. Dan kunnen we morgen ergens een terrasje pakken samen.' 'Ja leuk. Nou, tot morgen dan. Dag Jason, was leuk je te ontmoeten.' 'Wacht even. Waarom ga je eigenlijk naar een psycholoog?' vroeg Jason. 'Je lijkt vrij normaal. Of mag ik dat niet weten?' 'Vrij normaal? Nou, dank je. Nee, ik ga daarheen omdat ik last heb van een jeugdtrauma. Mijn vader sloeg mijn broers vroeger en dat bracht heel veel onaangename spanningen in huis. Mijn moeder deed er niets aan. En ik voel me daardoor vaak ongemakkelijk in de buurt van oudere mannen en heb soms last van paniekaanvallen. Dan kan ik van niets iets heel groots maken.' 'Ow, heftig zeg. Nou, veel sterkte en laten we weer es afspreken met z'n drieën. Het was ook leuk om jou te ontmoeten.'

'Hallo, kom binnen!' zei Marcel. 'Wat ben je laat en wat ruik je apart.' 'Apart? Hoezo?' 'Heb je gerookt?' 'Nee,' loog ze, 'maar excuses dat ik wat laat ben. M'n afspraakje met Dora liep wat uit.' 'Ah Dora, dat is jouw contactpersoon hier toch geworden?' 'Ja inderdaad, dat voelde iets onafhankelijker dan mijn moeder als contactpersoon te hebben.' 'Ja, dat is misschien wel een betere keuze. Nou, ga zitten. Robin en Liam. Zo heten je broers toch? Hoe gaat het nu met ze en hebben jullie het samen nog wel eens over vroeger gehad?' 'We hebben het er niet vaak over. Zo'n enkele keer maar. En mijn broers doen net alsof ze begrip hebben voor pa. Ze hebben beiden zelf kinderen en zeiden het te snappen dat je soms de neiging krijgt om te slaan als kinderen totaal niet luisteren. Maar een neiging krijgen en iets echt doen is toch wel wat anders is mijn mening. Maar zij hebben pa daarom wel vergeven, zeggen ze. Ik weet niet of dat oprecht ook zo is. In de omgang met pa doen ze overdreven joviaal. Alles doen ze om het hem naar de zin te maken als ze elkaar zien. Ze brengen een fles wijn mee, gaan uitgebreid koken, lachen om al zijn domme grapjes. Dat soort dingen. Maar als ik het goed zie, vermijden ze het wezenlijke contact waar mogelijk. Zo zijn ze beiden bijvoorbeeld lekker ver weg van pa en ma vandaan gaan wonen. En zien ze hen alleen op verplichte momenten: Moederdag, Vaderdag, de verjaardagen en kerst. Spontane afspraakjes doen ze niet aan, dan hebben ze het allebei druk.' 'Oké, bijzonder. Dat wel,' zei Marcel. 'Maar knap hoe ze gezien hun verleden nu met het gezelschap van jullie vader omgaan.' 'Nou, gezellig is hij niet hoor,' mompelde Odylle tussendoor. 'Wat zei je?' 'Niets' 'Oké. Voor je broers zou het ook goed kunnen zijn om met iemand over hun verleden te praten en jij mag hun ook best laten weten dat jij er nog mee zit. Misschien geven ze dan meer openheid over hun eigen gevoelens. Weet je wat? Nodig ze maar uit over een paar sessies, dan kunnen we het er misschien gezamenlijk over hebben. Daarna wil ik ook graag dat je vader meekomt naar een paar sessies om te kijken hoe we jullie contact kunnen verbeteren. Maar eerst blijf ik me nog op jou focussen. Heb je laatst nog een paniekaanval gehad?' 'Ja, zoiets. Ik lag laatst in bed en raakte helemaal in de stress van een ontmoeting die ik met een man op straat heb gehad. Hij zei tegen me: "Jou wil ik wel in het water duwen!" terwijl hij me verlekkerd aankeek. Ik was bang voor hem en voelde me daar heel naar bij. Sindsdien schiet ik zo eens per dag in de stress. Vooral als ik op straat ben. Dan kijk ik verschrikt om me heen of ik hem ergens kan zien. Maar soms heb ik dat ook thuis. Dan check ik wel tien keer of de deuren op slot zitten en de ramen goed dicht zijn.' 'Dat lijkt me in dit geval zeer terecht. Zou je dit niet bij de politie moeten melden?' 'Ach, die kunnen hier toch niets mee. Ik ken zijn naam niet, alleen zijn uiterlijk zie ik nog scherp voor me. Kaal op zijn kruin. Daaromheen zwart halflang haar. Zwarte stoppels op zijn kin, een lange puntige neus en blauwe priemende ogen. Hij droeg een zwarte cape en rode cowboylaarzen. Die ogen hadden wel iets weg van die van mijn vader trouwens. Behoorlijk eng om in te kijken.' 'Je omschrijving is heel nauwkeurig. Daar lopen hier niet twee van rond. Ga toch maar naar het bureau. Stel je voor dat er nog zo'n nare ontmoeting komt. Hij heeft je tenslotte bedreigd. Dan zijn ze alvast op de hoogte. Zal ik met je meegaan?' 'Nee, laat maar. Ik heb er verder geen last van gehad. Maar nu we het hierover hebben, ik vind het wel moeilijk om mijn vader in de ogen te kijken. Ik voel me er erg ongemakkelijk bij en hij zoekt mijn oogcontact juist expres op. Zo lijkt het.' 'Hmm ... Komen er dan weer herinneringen aan zijn gedrag naar boven?' 'Ja, behalve het slaan is hij gewoon een naar mens met rare trekjes, gewoonten en uitspraken. Dus hij slaat wel niet meer, maar zijn karakter is niet veranderd.' 'Ja, als dat je zo tegenstaat zou ik bijna adviseren om hem gewoon niet meer te zien. Maar aangezien het familie is, is het gecompliceerd hè?' 'Jazeker. Ik kan hem moeilijk totaal omzeilen.' 'Ik raad je wel aan voor je eigen bescherming het oogcontact naar hoogstnoodzakelijk te beperken. En net zo bewust als hij het opzoekt, is het voor jou zaak dit te vermijden. Daar heb je wel een keus in en hopelijk helpen de gesprekken met hem, die we wellicht in een later stadium met hem hebben, jullie om beter met elkaar om te gaan. Want blijkbaar heeft hij tools nodig om het contact tussen jullie te verbeteren. Daar zal ik hem bij kunnen helpen als hij daarvoor open staat. Nou. Laten we het kort houden vandaag. Zullen we een nieuwe afspraak inplannen?' 'Over een week?' 'Ja, zelfde tijd, zelfde dag. Het beste, Odylle.' Hij legde zijn hand op haar schouder in de deuropening. Haar lichaam rilde even door zijn koude hand. 'Dank je.' En ze liep de trap van het portiek af en liep richting Dora's auto. Ze reed terug naar haar huis en zag dat een lichtblauwe Lamborghini haar volgde. Ze werd bang, parkeerde een paar straten verderop en liep via smalle zijweggetjes in vlot tempo naar haar huis, terwijl ze steeds achterom keek. Ze zag niemand. Ze opende haar tuindeur, liep over het tuinpad van boomschors, opende haar achterdeur en deed die vlug op slot. Toen zakte ze neer op haar zachtroze suède bank. Ze pakte het jointje uit haar tasje en stak het op. De grijsgroene gordijnen had ze gelukkig nog dicht gelaten. Ze wilde door niemand gezien worden. Dankbaar rookte ze de joint met de ontspannende marihuana erin op. Ze vroeg zich af of Dora en Jason nog op het strand waren. Het was mooi om de chemie tussen die twee te zien, vond ze. Ze hoopte dat ze zelf binnenkort ook zoiets zou ervaren. Het liefst met Marcel. Maar die bleef maar afstandelijk doen en liet nooit blijken dat hij haar leuk vond. Ze vond Marcel knap, charmant en aardig. Ook voelde ze zich veilig in zijn bijzijn. Niet alleen vanwege zijn brede schouders, maar vooral vanwege zijn mensenkennis. Zelf snapte ze weinig van mensen, wat het moeilijk maakte een diepgaande relatie met iemand aan te gaan. De meeste mensen die ze kende waren zo op zichzelf gefocust. Ze luisterden nauwelijks naar wat zij te zeggen had leek het wel. Met Dora was het anders. Ze waren als kinderen in dezelfde straat opgegroeid en hadden vaak samen gespeeld. Ze kenden elkaars grenzen door en door en hielden rekening met elkaar. Ze was heel blij met hun vriendschap.

'Nu is het mijn beurt om naar jou te staren,' grapte Jason toen Odylle weg was. 'Dan ga ik op mijn buik liggen. Dan zie je mijn beste kant.' Nou, ze had bijna gelijk. Haar billen waren verrukkelijk rond, vond hij. En haar rug was prachtig gewelfd en zag er krachtig uit. Hij hield van de kleur van haar huid. Haar volle gladde donkerbruine haren lagen wild in plukken over haar rug. Hij schoof haar haar opzij over haar rechterschouder. 'Kijk, als je een massage wilt, kun je het ook gewoon vragen hoor!' 'Nee, ik lig gewoon even lekker,' loog ze. Hij trok zich niets aan van wat ze zei en bewoog zacht zijn dikke vingertoppen over haar bruine huid. 'Wat heb je toch een mooie goudbruine kleur, lieverd,' zei hij. 'O, je begint me nu al lieverd te noemen. Dan mag je me eerst wel even netjes om een relatie vragen hoor.' 'Draai je om dan.' Ze draaide zich om en ging weer zitten. Hij pakte haar rechterhand en hield die losjes in zijn rechterhand. 'Mooie dame, wil je met me trouwen?' 'Hahahaha.' Dora schoot in de lach. 'Of ik droom of je bent een plaaggeest.' 'Dat laat ik je nog weten goed?' 'Nee, niet goed, waar hangt het van af?' 'Of je goed kunt neuken,' zei ze ondeugend. 'Zullen we dat dan direct even gaan testen?' vroeg hij. 'Nou, niet direct. Eerst mag je die heerlijke massage nog afmaken.' Met Patrick had ze altijd een condoom gebruikt. Uit zelfbescherming tegen eventuele ziektes en extra bescherming tegen een zwangerschap, terwijl ze ook de pil slikte. Maar Jason moest ze tenslotte héél goed gaan beoordelen, vond ze zelf, voordat ze een ja- of neewoord zou kunnen geven. Ze wilde hem gewoon echt goed kunnen voelen. Dus als hij er niet over begon zou zij het ook niet doen. Terwijl hij haar in haar linkerzij kneedde vroeg hij haar, alsof hij gedachten kon lezen: 'Gebruik je de pil?' 'Ja,' zei ze. 'Wil je met of zonder condoom? Ik heb er wel één bij me.' 'Nou, liever zonder, anders voelt het niet zo lekker.' 'Hoe weet jij dat nou! Je hebt mij nog nooit met condoom gevoeld.' 'Nou, misschien wil ik dat wel zo houden' 'Dan neem ik aan dat je net als ik geen soa hebt. Klopt dat?' 'Ja, normaal doe ik het altijd met condoom en ik heb me recent laten testen. Alles is in orde.' 'Fijn, bij mij ook. En hoe wil je het hebben, mevrouw?' 'Ik wil dat je mijn buik nog masseert.' 'Aha. Van uitstel komt toch geen afstel hè, want ik heb echt zin in je.' 'Nee, ik ook in jou, alleen heel even mijn buik nog.' En borsten, bedoelde ze, maar dat vond ze te vulgair om te zeggen. Gelukkig schoven zijn handen naar boven en kneedde hij ze zacht. Daarna nam hij om en om de tepels in zijn mond, waar hij van leek te smullen. En zij kreunde zachtjes. 'Ja, graag nu,' smeekte ze hem. Hij deed zijn zwembroek uit en zij trok vlug haar bikini uit. Toen ging ze liggen op haar rug. 'Kom, draai je om,' zei hij. 'Met die mooie billen van jou wil ik echt doggy.' Hij gleed langzaam haar vagina binnen, trok haar billen uit elkaar en stootte zachtjes in een rustig tempo. Ze kon niet ophouden met kreunen. Het voelde zo zalig. 'Shht rustig,' zei hij, 'anders kom ik snel.' Hem aan de gang houden was voldoende motivatie om stil te zijn. Ze beet haar lippen op elkaar en liet zich overnemen door zijn hijgende genot. Ze kwam niet klaar maar was zo ontroerd door wat ze had gevoeld, dat de tranen over haar wangen biggelden. Ze zuchtte. Het was zo heerlijk geweest. Ze wist even niet wat ze met haar gevoelens moest. Ze voelde zich ernstig gelukkig en dat was enigszins angstaanjagend, vooral omdat het zo plots gebeurde en het gevoel zo krachtig was. Aan al het moois kwam een einde toch? Hij verzette haar negatieve gedachten en masseerde haar weer. Dit keer iets steviger. Haar rug ontspande, ze luisterde naar de golvende zee en droomde weg. Toen ze haar ogen opendeed, zag ze dat hij naar de zee keek en weer een jointje aan het roken was. Ze keek hem liefdevol aan en vroeg: 'Heb ik lang geslapen?' 'Ik weet het niet,' zei hij, 'ik lette niet op de tijd. Maar mijn buik kan inmiddels wel wat voedsel gebruiken. Wil jij nog een jointje?' 'Nee, ik neem wel een trekje van jou.' 'Oké.' Ze bleven nog even zitten tot het jointje op was, kleedden zich aan, pakten toen hun spullen en liepen richting de geparkeerde auto's. 'Waar staat die van jou?' 'Ik ben met m'n motor.' Een stoere sportmotor stond iets verderop. Het was een Ducati. 'Wauw!' zei ze, 'sexy.' 'Je bent zelf sexy. Je durft toch wel achterop hè?' 'Alleen als je ook een helm voor mij hebt.' 'Hier, neem die van mij,' zei hij. 'Ik zal wel rustig rijden. Ik was niet op jou voorbereid, haha,' lachte hij. 'Zullen we even naar de supermarkt? Dan kook ik voor je. Vind je dat goed?' 'Ja hoor, als je goed kunt koken?' 'Mijn moeder vindt van wel en dat zegt wat hoor! Maar wat wil je eten?' 'Doe maar een pittige pasta.' 'Dat zal het zijn, een pittige pasta voor een zachte mooie dame.' Het was heerlijk op de motor. De zachte wind verkoelde de hitte van de zon. Bij zijn appartement aangekomen, keek ze haar ogen uit. 'Wauw, je hebt gevoel voor stijl en je houdt van donkerblauw en wit zo te zien. En wat een prachtige grote planten heb je hier.' 'Dank je, ik ben blij dat je het mooi vindt.' De keuken was strak en wit ingericht met een vitrinekast en eettafel in dezelfde eikenhouten kleur met een golfbeweging langs de randen. 'Heb je die zelf gemaakt?' vroeg ze. 'Ja klopt,' zei hij. Op het brede, gladde, witte aanrecht legde hij de boodschappentas neer en begon uit te pakken. Hij kookte water voor de spaghetti en sneed de paprika, prei, uitjes, chilipeper en knoflook in kleine stukjes. Toen deed hij biologische boter in de koekenpan met wat fijngemalen zeezout en gooide de gesneden groenten er samen met het vegagehakt bij in. Hij liet de spaghetti koken en deed na een kwartier de kant-en-klare basilicum-tomatensaus in de koekenpan, zeefde de spaghetti droog en voegde die toe aan de koekenpan. Het geheel liet hij nog vijf minuten prutelen en toen was het eten al klaar. 'Help jij de tafel dekken?' vroeg hij haar. 'Kijk, hier liggen de borden.' En hij opende een keukenkast. De borden waren sierlijk wit. Hij pakte zelf wijn, wijnglazen en bestek. En toen konden ze beginnen. 'Wat ruikt dat al heerlijk. En zo smaakt het ook,' zei Dora even later. De donkerrode, bijna paarse Que Mas-wijn paste perfect bij het geheel. Na het eten staken ze beiden nog een jointje op en keken naar de film *The Commuter*. Na de film zei Dora: 'Ik vind het zo leuk bij jou. Vind je het goed als ik blijf slapen?' 'Slapen of neuken?' vroeg Jason. 'Uhm ..., allebei misschien.' 'We zullen zien.' Ze neukten, keken porno, masseerden elkaar lang midden in de nacht en sliepen tot in de middag. Toen ze wakker werd checkte Dora haar telefoon die ze op stil had gezet. 'O jee, allemaal gemiste oproepen van Odylle. Ik zal haar snel bellen.' Ze liet Odylle weten dat het teruggeven van de auto geen haast had en dat ze het terrasje een andere keer moesten pakken. Toen dook ze na een douche genomen te hebben weer naast Jason in bed. Zijn lichaam was warm en gespierd en zijn huid was heerlijk zacht. Hij rook zoet. En zo smaakte hij ook. Ze vreeën weer een paar uur, aten broodjes mayo, kaas en tomaat en toen zei Dora: 'Wil je me naar huis brengen, ik moet echt even bijkomen.' 'Maar dat kan toch hier bij mij?' 'Ja, maar morgenvroeg moet ik ook werken met het orkest. Dus ander keertje weer, oké? Mijn kut kan trouwens ook niet meer.' 'Nou, in dat geval mag je gaan, haha,' lachte Jason.

Hij bracht haar naar huis. Dit keer reden ze in zijn donkerblauwe Volkswagen New Beetle. 'Weet je,' zei hij bij haar voordeur, 'jij bent mijn vrouw, echt voor mij gemaakt. Dus hou alsjeblieft contact.' Beduusd door deze lieve woorden zei ze alleen maar 'ja', deed de voordeur open en glipte als een dief haar eigen huis binnen. Op de deurmat lag haar autosleutel. Ze keek door het grote raam in de woonkamer naar buiten en zag dat Odylle haar auto netjes geparkeerd had. Zo attent van haar! Het kwam goed uit, want de volgende ochtend moest ze met haar enorme cellokist op pad. Die plaatste ze dan naast haar op de bijrijdersstoel. Ze plofte in haar zomerjurkje op haar bed en trok de dikke verendeken over zich heen, terwijl ze wakker probeerde te worden uit deze droom. Jason, Jason, Jason, o Jason, kon ze alleen maar denken. O, ja, morgenvroeg generale repetitie van Elgars celloconcert met het Stavinsky-orkest onder leiding van Pablo di Silvo. Dat was haar realiteit. Ze deed ter voorbereiding de opname van de laatste repetitie aan en viel met de muziek aan in slaap.

Om 5:55 uur ging haar wekker. Ze douchte snel, schoot in een jurkje met slipje eronder en pakte haar cello. Ze oefende trillingsoefeningen van Cosmann tussen alle vingers van haar linkerhand en deed de toonladder in e-mineur met verschillende soorten vibrato op lange streken. Ze begon op de c-snaar en speelde de e-noot met een uiterst langzaam vibrato, de fis-noot met een vibrato dat langzaam begon en accelereerde naar de snelheid van het vibrato wat ze gebruikte voor de g-noot. Zo ging ze verder tot ze de top van de a-snaar had bereikt en zonder vibrato keerde ze terug naar de c-snaar. Ook varieerde ze de klankkleuren door de haren op de strijkstok te kantelen naar links en rechts en plaatsing van de stok tussen de toets en de kam te variëren. Daarna nam ze de moeilijkste passages van het celloconcert in langzaam tempo door, waarbij ze focuste op een warme klank en zuivere toon. Om half elf was ze in de concertzaal waar ze Pablo di Silvo voor het eerst ontmoette. Ze omhelsden elkaar. De assistent-dirigent had de voorgaande repetities begeleid omdat deze grootheid andere optredens had moeten dirigeren. Ze had goede verhalen over hem gehoord en was benieuwd hoe de samenwerking zou gaan. Hij was oud, rond de zeventig, maar liep nog fier en energiek rond, zag ze, toen hij de orkestleden allemaal persoonlijk begroette. Ze had nog even tijd voor de repetitie begon en belde Jason. 'Hey, hoe is het?' 'Ja, gaat goed, heerlijk geslapen. En hoe is het met jou?' 'Ja, ook goed. Weet je, ik wilde je uitnodigen voor het concert morgenavond op het plein. Odylle komt ook. Heb je zin om te komen luisteren?' 'Waarnaar?' 'Naar het celloconcert van Elgar. Ik speel dan de cellosolo.' 'Oké, klinkt spannend voor je of niet?' 'Nee, valt mee, we zijn goed voorbereid, dus dat scheelt een hoop. Bovendien speel ik zijn celloconcert al jaren. Het is een van mijn lievelingsstukken.' 'Vertel me iets over het stuk dan.' 'Het concert is in 1919 in e-mineur geschreven door een Engelsman genaamd Sir Edward Elgar. En hij schreef het stuk in een tuinhuisje dat "Brinkwells" heette. Het geeft veel weer van het drama dat de Eerste Wereldoorlog met zich meebracht en Elgar deelt er onder andere gevoelens mee van wanhoop die ook na de oorlog voelbaar waren. Het bestaat uit vier delen waarvan het eerste deel begint met lange zware akkoorden. Het tweede deel is veel vrolijker en heel vlot geschreven. Het derde deel is langzaam en meditatief. Het vierde deel is krachtig, maar ook dramatisch en explosief. De wereldberoemde celliste Jacqueline du Pré heeft er een prachtige interpretatie aan gegeven, die nog steeds voor veel cellisten als leidraad geldt. 'Je maakt me nieuwsgierig naar jouw interpretatie. Ik wil graag komen,' zei Jason. 'Oké, superleuk! Maar ik moet nu gaan. De repetitie begint zo. Ze zijn al aan het stemmen namelijk.' 'Ja, ik hoor het. Veel plezier! Doe je best hè,' zei hij. 'Ja, doe ik lieverd, tot snel.' 'Tot snel.' Ze pakte haar cello uit en stemde die op de a-snaar van de eerste violist. Daarna ging ze zitten en concentreerde zich even. Toen knikte ze naar de dirigent en gingen ze van start. Ze sloot haar ogen en speelde met de sterretjes van muzieknoten in haar hoofd. 'Prachtig gespeeld, dame,' zei Pablo di Silvo na afloop van de repetitie. 'Het publiek zal gaan genieten.' 'Bedankt voor de goede begeleiding. De manier waarop je het orkest met dynamiek laat spelen is waanzinnig,' antwoordde Dora. Toen ze haar cello inpakte, zag ze dat ze een appje had gekregen van Patrick. *Vanavond weer samen in jouw bed?* schreef hij. *Nee, we kunnen niet meer*

afspreken. Ik heb een nieuwe man in mijn leven, antwoordde ze terug. *Jammer, maar het allerbeste voor jullie. Dank
je, ik wens jou ook veel moois.* Toen belde ze Odylle. 'Hi
lieverd, bedankt dat je mijn auto hebt teruggebracht. Ik
kon hem goed gebruiken vandaag. Hoe gaat het met je?'
'Gaat oké,' zei Odylle, 'zo weer een klant. Ik moet even
de boel schoonmaken hier. Zullen we na mijn werk een
drankje doen bij "De la Luna"?' 'Ja, is prima, ik haal je
wel op om vijf uur. Tot straks.'

Dora reed naar huis en luisterde thuis de generale repetitie terug die ze had laten opnemen. Het was een vi-
deo-opname en ze kon zien dat Pablo di Silvo niet alleen
luisterde naar haar spel maar ook het tempo van haar
rubato's las uit de bewegingen van haar vingers, armen en
strijkstok. Ze was blij met deze dirigent. Meestal moest
ze bijna non-stop naar de dirigent staren tijdens haar
solospel om strak op een lijn met het orkest te kunnen
spelen. Maar met deze dirigent kon ze er met gesloten
ogen op vertrouwen dat het samenspel goed kwam. Vermoeid sloot ze ook nu even haar ogen en rustte ze uit.
Ze had de wekker om half vijf gezet zodat ze zich even
kon klaarmaken voordat ze Odylle opzocht. Bij "De la
Luna" was het druk. Ze kozen beiden voor een heerlijk
koude scroppino. Dat hadden ze wel verdiend. 'Kijk wie
daar aan komt lopen,' zei Dora. 'Jeetje, dat is Marcel. Ik
wist niet dat hij behalve zijn ritjes naar het werk ook
buitenkwam, haha. Zullen we hem uitnodigen bij ons
tafeltje?' 'Ja, waarom niet, dat is prima.' Dora had Marcel
één keer ontmoet toen Odylle voor het eerst naar deze
psycholoog ging, Odylle had support nodig gehad toen,
vonden ze allebei, en Marcel had het geen probleem ge-

vonden voor die ene keer. Voor de gesprekken daarna had hij het belangrijk gevonden dat er geen afleiding was en had hij de voorkeur gegeven aan een-op-eengesprekken. Dora vond het bijzonder dat een psycholoog zo knap kon zijn. Marcel was een donkerbruine man met zachtgroene ogen. Hij kwam heel vriendelijk over. Ze nodigden hem uit iets te drinken. Maar hij gaf aan al een afspraak te hebben ergens verderop en liep na hun gedag te hebben gezegd vlot door. 'Zullen we hem achterna, kijken of hij een vriendin heeft?' vroeg Dora. 'Ja, goed idee.' Ze betaalden de ober en liepen vlug achter Marcel aan. 'Kijk, daar loopt ie,' zei Odylle. Hij liep richting een terrasje waar een wat oudere vrouw naar hem zat te zwaaien. 'Of hij valt op oudere vrouwen of hij heeft afgesproken met zijn moeder of zoiets,' zei Dora. Marcel ging naast zijn moeder zitten met zicht op de straat. Hij had scherpe ogen, want hij had hen gespot. Hij zwaaide en maakte een uitnodigende beweging met zijn hand. Aarzelend liepen ze naar het tafeltje toe. 'Je hebt ons betrapt. We waren nieuwsgierig of je een vriendin had,' zei Dora. 'Haha, nee, dit is mijn moeder Elsa. Maar hoezo waren jullie daar nieuwsgierig naar?' vroeg hij. 'O, oké, leuk u te ontmoeten,' zei Odylle. 'Kom erbij zitten,' zei hij. 'Ah, Marcel. Ik hoopte al dat je een vriendinnetje zou hebben, maar twee? Zozo, mijn zoon!' 'Hahaha, mama, nee, dit is Odylle, een cliënt van mij en dat is Dora, haar vriendin.' 'O, is dat niet ongepast met een cliënt af te spreken, Marcel?' vroeg ze streng. 'Eigenlijk wel ma, maar we doen niks, we raken elkaar niet aan, we praten alleen. Voor een keer moet zoiets spontaans toch kunnen?' 'Ja, nou, zorg maar dat je snel een vriendin krijgt.' Ze observeerde de twee en keek in het bijzonder naar Odylle. 'Je bent wel een prachtige vrouw, weet je dat? Waarom ben je patiënt als ik vragen mag?' 'Ma, nu niet!' 'Oké, ik hou mijn mond.' Het werd enigszins ongemakkelijk aan tafel dus zei Dora vlug: 'We willen jullie niet storen. We gaan een beetje rondshoppen. Een hele fijne middag nog!' En ze sleurde Odylle bijna van haar stoel. 'Moest dat nou zo vlug? Kijk hoe lang ik jou de tijd gunde naar Jason te staren.' 'Daar was ik nog maar net aan begonnen bij Marcel.' 'Ach, jullie kunnen tijdens elke sessie naar elkaar staren. Stel je niet aan. Zijn moeder heeft gelijk. Word liever zijn vriendin in plaats van zijn patiënte.' 'Dora!' waarschuwde Odylle. 'Ja, sorry. Maar ik meen het.' 'Ik kan er niets aan doen dat ik patiënt ben en een betere psycholoog kan ik me niet wensen.' 'Nee, dat snap ik. Maar hoe gaat het dan met je, geestelijk gezien?' 'Nou, er gebeurden spannende dingen laatst.' Ze vertelde Dora over wat de enge man tegen haar gezegd had en over de achtervolgende auto. 'Jeetje schat, dat wist ik niet. Nee, dan zou ik ook in de stress raken, bah.' Ze omhelsde Odylle. 'Kijk goed uit, lieverd, en als er wat is bel me dan of zoek me op. Volgende keer vertel je me zoiets direct, oké? Het is niet gezond in je eentje rond te lopen met die angsten. Kom, we gaan naar het politiebureau, melding maken.' 'Maar er is nauwelijks iets gebeurd.' 'Maakt niet uit. Kom mee.' Bij het politiebureau zei de agent die hen te woord stond: 'Wat vervelend voor u, mevrouw. Heeft u eerder het gevoel gehad achtervolgd te zijn?' Odylle schudde haar hoofd. 'Nee? Heeft u last van geestelijke problemen?' 'Wat is dat nu voor vraag?' zei Dora. 'Mijn excuses, maar dit zijn protocolvragen. Bij sommige mensen is er namelijk sprake van achtervolgingswaanzin als ze bijvoorbeeld een psychose hebben.' 'Nee, ik heb nergens last van,' loog Odylle. 'Fijn, gelukkig.

Ik maak er een notitie van. Mocht er weer iets voorvallen neem dan contact met ons op. Op dit moment kunnen we nog weinig voor u betekenen.' 'Maar die Lamborghini kunt u toch checken?' vroeg Odylle. 'Het kan toeval zijn dat die achter u aan reed. Op basis van één zo'n incident ondernemen wij nog geen actie. Het lastige is ook dat de aantijging mondeling is geweest en niet schriftelijk. We hebben bewijsmateriaal nodig.' 'Zie je wel!' zei Odylle buiten tegen Dora. 'Ze kunnen toch niets voor me doen. Ik wist dat dit geen zin had.' 'Zo lijkt het. Maar jouw veiligheid is hun verantwoordelijkheid. Dus als er nu toch iets mis gaat, hebben zij iets uit te leggen aan hun baas. Want ze zijn nu door ons ingelicht. Ja, en dat ze er nu nog niets mee doen is dom en jammer. Maar dat doen ze waarschijnlijk omdat ze geen onschuldigen willen oppakken en om hun werkdruk zo laag mogelijk te houden.' 'Mooi is dat. Wat doen we nu? Iets eten ergens?' 'Ja, en ik trakteer je vanavond op een massage bij mij thuis. Dat is namelijk alweer lang geleden. En volgens mij kan jij wel wat ontspanning gebruiken.' 'Ow, heerlijk. Dat is superlief. Ik kijk er al naar uit.'

Marcel keek zijn moeder boos aan. 'Moest dat nou zo, mam? Ze is inderdaad mijn patiënt, maar ik vind haar leuk. Je had je best iets vriendelijker op mogen stellen.' 'Nou, dat wist ik niet, lieverd. Ik heb bovendien toch gezegd dat ze mooi was.' 'Ja, maar dat was niet voldoende. Zag je niet hoe snel ze ervandoor gingen. Dat had niet gehoeven.' 'Nee, je hebt gelijk. Misschien was het omdat ik je zo lang niet heb gezien en even tijd voor jou en mij alleen wilde hebben.' 'Och mam, dan spreken we toch weer vaker af.' 'Ja, laten we dat gaan doen. Ik heb je ontzettend gemist de laatste tijd.' 'Maar heb je nog een tip over hoe ik haar de mijne kan maken?' 'Ja, zorg dat ze snel beter wordt, gekkie. Daarna vraag je haar uit. Niet eerder hè!' 'Oké mam. Als jij het zegt.'

Dora en Odylle aten verrukkelijke krab bij restaurant Daée en dronken er een glas rosé bij. Ze hadden een tafeltje bij het raam. Ze staarden al kauwend naar de voorbijgangers en bestudeerden de andere restaurantbezoekers. Vlak bij hen zat een dame met siliconenborsten en een diep decolleté te eten met haar vriend. Zij at een salade met warme broodjes uit de oven die ze in een knoflooksausje dipte, hij biefstuk met friet. Ze leken het leuk te hebben. De dame had haar schoenen uit en streelde met haar rechtervoet tegen het geslachtsdeel van de man. 'Weet je, Dora, ik kan niet wachten tot ik een relatie heb. Ik heb het nog nooit meegemaakt, maar het lijkt me heerlijk om door een man verwend te worden.' 'Maar hoe ga je dat aanpakken? Je vindt Marcel leuk toch. En ik weet zeker dat hij jou ook leuk vindt aan de manier waarop hij naar je keek.' 'Ja, geen idee hoe ik dat moet regelen. Ik wacht gewoon tot hij een keer avances maakt.' 'Oké, ik hoop voor jou dat hij daar niet te lang mee wacht.' 'Denk je dat het wat wordt tussen jou en Jason? Ik vind jullie goed bij elkaar passen.' 'Het lijkt erop van wel. Hij heeft me aan het strand ten huwelijk gevraagd. Maar dat was volgens mij vooral grappig bedoeld.' 'O serieus!? In iedere grap zit een grond van waarheid. Hij moet je wel zien zitten anders vroeg hij je niet.' 'Ja, dat denk ik ook. Ik ben superblij dat ik hem ontmoet heb. Ik kon namelijk wel wat meer liefde gebruiken dan het doelloze geneuk met Patrick. Zullen we naar mijn huis gaan of wil je nog wat drinken?' 'Nee, laten we gaan.'

Jason had zin in seks. Dora nam niet op, dus belde hij Joyce. Joyce was een blondine met volle borsten en volgespoten lippen, waarvoor hij eens een kast in elkaar had gezet. Joyce was meteen bereid om langs te komen. Hij snoof wat speed zodat hij het zo meteen langer vol kon houden. Dat had hij bij Dora niet nodig gehad. Die was zo aantrekkelijk! Joyce was ook mooi, maar puur voor de lol. Wat hij voor Dora voelde had hij bij Joyce nooit gemerkt. Hij wilde het liefst alleen met Dora naar bed, maar hij wilde haar ook niet lastigvallen. Hij zou het wel met condoom gaan doen, zodat ze geen risico liep op een soa van Joyce. Als tiener had hij na een biologie-les besloten nooit te masturberen. En dat was hem tot nu toe gelukt. Dus als hij zin had, zocht hij een mooie vrouw. Jason zorgde goed voor zijn eigen genot. Seks gaf hem energie en zelfvertrouwen. Een vrouw horen gillen als hij in haar stootte was een van de mooiste dingen in het leven, vond hij. En gillen deed Joyce. Ze kwam al squirtend klaar. Hij zei vlak daarna dat een paar van zijn vrienden langs zouden komen, want hij wilde niet naast haar slapen. En toen vertrok ze weer.

Odylle kleedde zich uit, douchte zich bij Dora thuis en ging naakt op haar hemelbed liggen. Dora zag dat Jason haar gebeld had en belde terug, maar hij nam niet op. Zou hij slapen of vreemdgaan? vroeg ze zich af. Ze hoopte het eerste, maar zo laat was het nog niet. Ze zuchtte en liep naar de slaapkamer. Daar lag de bloedmooie Odylle op haar bed. Ze lag op haar rug. En haar lange donkerrode krullende haar lag sierlijk rond haar hoofd en schouders. 'Wacht, ik pak wat olie en doe kaarsjes en Chopin aan, dan kun je je beter ontspannen.' Met de nocturnes op de achtergrond warmde ze haar handen op in de ylang-ylangolie die was gemengd met vanille-extracten. Odylle genoot van de massage, ze werd zelfs licht opgewonden, maar hield respectvol haar gekreun in. 'Mag ik bij je slapen?' 'Ja hoor. Maar ik ga nog even douchen.' Daarna ging ze ook naakt in bed liggen en krulden ze zich tegen elkaar aan onder de beige deken van satijn. Dora vond het licht erotisch zo naast Odylle te liggen. Maar het voelde ook gewoon fijn. Genieten mocht toch in dit leven. Ze sloot haar ogen en viel snel in slaap. Odylle kon de slaap niet direct vatten. Ze deed de kaarsjes en muziek uit en kroop weer in bed naast Dora. Wat een schat was het toch. Maar wat een eikels die agenten. Ze lieten haar gewoon aan haar lot over leek het wel. Toen dacht ze aan Marcel. Hij had haar anders aangekeken bij het terras. Bijna lief. Ze moest glimlachen en droomde dat ze samenwoonde met Marcel en dat hij haar zei dat hij een kind van haar wilde.

De volgende ochtend waren ze allebei vroeg uit de veren. Na een heerlijk ontbijt van verse jus met croissants, ging Dora joggen en Odylle naar haar werk. Tot haar verrassing belde Marcel met ietwat schorre stem al vroeg naar de praktijk om te vragen of er nog plek was vanmiddag in haar praktijk. Ze moest inwendig lachen. Dat hij zich op deze manier en zo snel uit zou sloven had ze helemaal niet verwacht. 'Ja, er is nog plek om vier uur. Tot dan.' 'O fijn, bedankt. Tot dan.' Na het joggen deed Dora nog een paar workouts in haar ruime woonkamer op haar yogamatje en nam daarna een bad met zeezout. Ze klom uit bad en zette Mozart aan om haar stemming wat te verbeteren. Ze voelde zich een beetje neerslach-

tig. Waarschijnlijk miste ze Jason, dacht ze. Maar nu al?
Zo lang was het ook weer niet geleden dat ze hem had
gezien. Mozart wist haar na tien minuten Jason al te
doen vergeten. Ze genoot van de vrolijke hoge noten van
de violen en haar humeur verbeterde gelukkig. Energiek
droogde ze zich af en wreef zichzelf in met cocoscrème.
Ze pakte haar cello en ging studeren. Hopelijk paste haar
paars-fluwelen jurk haar nog, dacht ze ondertussen. Ze
stopte even met studeren en paste de jurk. Gelukkig zat
er elastaan in, anders was het zeker niet gelukt. Ze was
namelijk iets aangekomen de laatste tijd. Waarschijnlijk
door alle workouts. Haar lichaam was nog steeds strak,
maar alles leek wat ronder. Ze was er eigenlijk wel blij
mee, want haar borsten kwamen goed naar voren in
het ronde lage decolleté van de jurk. Ze kleedde zich
weer om naar haar spijkerbroek met zachtgele T-shirt
en zag dat ze haar haar nog moest stijlen in de spiegel.
Ze ging eerst verder met studeren. Warmde haar vingers op met Cosmann, deed toonladders en speelde het
hele Elgar-concert in langzaam tempo. Sommige musici
studeerden graag in het daadwerkelijke tempo van het
stuk. Maar bij haar werkte het goed om langzaam elke
noot in zich op te nemen. Snel spelen werd voor haar
daardoor alleen maar makkelijker. Dus bewaarde ze de
echte tempi voor het concert vanavond. De tijd ging snel.
Snel at ze nog een stokbrood met gebakken ei en dronk
een kop bosvruchtenthee met suiker. Daarna stijlde ze
haar haar, deed mooie passende paarse oogmake-up op
met smokey eyes en ging op pad.

Toen Marcel haar praktijk binnenkwam, was Odylle een
beetje gespannen. Ze wilde indruk op hem maken, maar

dat ging moeilijk met haar witte schort en mondkapje voor. Dus had ze haar mondkapje nog even af. Ze schudde hem de hand. 'Kom verder. Je kunt hier gaan liggen.' Ze wilde graag op hem gaan liggen, maar daar leende deze ligstoel zich niet voor. Ze bracht de stoel omhoog en keek met een lampje naar zijn gebit. Door het mondkapje heen rook ze de frisse geur van zijn mond. Ze moest glimlachen. Hij had echt zijn best gedaan om fris voor de dag te komen. 'Je gebit is sterk en behoorlijk goed schoongemaakt. Ik zal alle tanden en kiezen nog extra goed schoonmaken. Maar je onderhoudt je gebit goed. Prima.' 'Hij probeerde te glimlachen, maar zijn mond was wijd opengesperd. En iets terugzeggen lukte ook niet, want ze was al begonnen met het schoonmaken van zijn gebit. 'Goed blijven flossen, dat is nog een tip.'

Toen ze klaar was met zijn gebit, zei Marcel: 'Sorry, ik moest je weer zien. Ik wist geen andere professionele manier om dat te doen. Weet je, ik vind je echt heel leuk, maar kan nog niet met je uit. Eerst moet je je afmelden bij mij als psycholoog. Ik kan je wel gratis hulp bieden. Of je kunt je aanmelden bij een andere psycholoog. Of we houden het oppervlakkig. Wat jij wilt.' Odylle keek hem verbaasd aan. 'Dit is wel een heel bijzonder afspraakje. Leuk bedacht. Ik moet er even over nadenken, oké? Misschien wil ik nog een tijdje doorgaan met de sessies bij jou. Dan kunnen we, als je me nog steeds leuk vindt, daarna wel daten. Aan de andere kant kunnen we misschien diepgaandere gesprekken voeren als we elkaar beter leren kennen en kun je me op die manier helpen. Ik laat het je nog weten.' 'Is goed, bel me maar en denk er goed over na. Wat het beste is voor jou gaan we doen. Tot snel.' 'Doei!'

Odylle vroeg bij de balie naar de vrijkaartjes voor haar en Jason. Dat had Dora geregeld namelijk. Ze kreeg twee kaartjes mee. Ze waren op tijd gekomen om een mooi plekje uit te zoeken op het prachtig verlichte plein. De orkeststoelen waren roze belicht, de hoge fontein erachter donkerblauw en de palmbomen aan de rand van het plein om het publiek heen waren groen belicht. Het publiek klapte, want de orkestleden kwamen op. Ze stemden hun instrumenten en toen werd het stil. De dirigent kwam op, samen met Dora, en weer klapte het publiek. Dit keer harder. Dora zag er adembenemend uit in haar paarse jurk met strak lijfje en wijde sleep. Ze moest haar benen tenslotte openen om haar cello ertussen te kunnen zetten. Dora ging zitten. Ze had al gestemd en het celloconcert begon. Jason keek bewonderend naar Dora. Was dat nu zijn vriendin? Erg duidelijk was dat nog niet, vooral gezien zijn eigen gedrag, maar hij wilde het graag. Ze zouden er met elkaar over moeten praten.

Midden in het stuk gebeurde er iets. De pin van de cello die de grond raakte en waarop de cello steunde zakte in. Jason zag Dora lager en lager om haar cello heen hellen met gebogen rug tot ze niet meer kon. Het orkest stopte. Pablo di Silvo keek geërgerd naar Dora. Hij zat net zo lekker in zijn flow met het orkest. 'Waarom heb je die schroef niet goed vastgedraaid?' vroeg hij haar. 'I-i-i-k weet niet, ik dacht dat hij vast zat,' stotterde ze. Hij riep de bassist naar voren om de pin van Dora goed vast te draaien. Daarna begonnen ze weer vanaf het derde deel. Dora kon wel huilen vanbinnen. Maar ze moest zich focussen op de muziek. Ze liet haar emoties los en maakte plaats voor de emoties die Elgar wilde delen. Het werd alsnog een prachtige uitvoering. Ze kleedde zich om in een van de kledingruimtes in een gebouw naast de fontein en pakte haar cello weer in. Ze liep snel langs de orkestleden, maar ving toch sommige uitingen van medeleven op. 'Goed gedaan hoor, ondanks je pin.' 'Jammer zeg, volgende keer drie keer checken die pin.' En meer van die opmerkingen kreeg ze te horen. Ze was blij toen ze Jason en Odylle zag en hen kon omhelzen. 'Wat speel je mooi,' zei Jason, 'maar je hebt echt een sterke man nodig hè. Voortaan maak ik die pin wel voor je vast bij je concerten.' 'Ja, dom was dat zeg, dat staat vast morgen in de krant. Celliste laat pin zakken tijdens openluchtconcert. Wat een ellende. Ik schaam me zo! Daar gaat mijn carrière, let maar op. Dit soort verhalen gaan zo snel rond.' Odylle reageerde: 'Ach lieverd, dat komt vast goed. Niemand is perfect. En zulke ongelukjes kunnen iedereen overkomen.' 'Ja, maar niet tijdens een concert. Ik heb nog nooit gehoord dat zoiets bij iemand gebeurd is. Echt balen dat dat nu juist mij moet overkomen.' 'Stel je niet aan en zet je eroverheen. Met een drankje. Kom, het is een heerlijk warme avond, we kunnen nog best lang los gaan,' zei Jason. Bij een chic café grenzend aan het plein waarvan de muren buiten mintgroen kleurden gingen ze wat drinken. Na een cocktail van verse jus, gemixt met bevroren mangostukjes en 21 gedronken te hebben, zei Dora: 'Jongens, ik heb vreselijk veel honger. Zullen we wat eten halen ergens?' Dat vonden Odylle en Jason een goed idee. Ze haalden gebakken kip, Raspatat en salades. En gingen toen bij de fontein zitten eten. 'Wat fijn dat jullie gekomen zijn, zeg. Ik krijg anders zo'n eenzaam gevoel na een concert als er niemand aanwezig is die ik ken. Ik geef dan al mijn energie en gevoelens weg aan het publiek en krijg helemaal niets terug, behalve een redelijk salaris en een bos bloemen. Rozen als ik geluk heb. Maar nu zijn jullie nog bij me. En dat voelt echt goed.' 'Ja liefie, natuurlijk ben ik er als je in de buurt speelt en me uitnodigt. Ik vind het altijd fijn om naar jou te luisteren.' 'Dank je, Odylle.' 'Ik snap waarom je de cello gekozen hebt als instrument. Die heerlijk donkere kleur is echt melancholisch en brengt je in een andere wereld,' zei Jason. 'Ja, ik moet zeggen dat ik ook erg veel geluk heb met dit instrument. Een Bulgaarse bouwer heeft hem speciaal voor mij ontworpen en gebouwd. 'O, dat is gaaf,' zei Jason. 'Zullen we nog ergens gaan dansen of willen jullie naar huis?' 'Gaan jullie maar dansen, ik drink wel, ik ben bekaf,' zei Dora. Ze liepen naar het café Rumba, waar altijd wel salsamuziek werd gedraaid. Odylle en Jason kregen de smaak goed te pakken samen. Ze dansten uren. Dora keek toe en dronk tequila. Ze had geen zin om te dansen. Maar het was leuk die twee te zien genieten. Ze konden goed dansen bovendien. Na een tijdje liep ze naar hen toe en zei: 'Laten we naar huis gaan, ik ben nu echt heel moe.' Jason ging met Dora mee en Odylle liep alleen naar huis. Ze liep vlug, ze was een beetje bang weer achtervolgd te worden. Maar ze had niet door dat er een Lamborghini achter haar aan reed. Ze hoorde een auto vlak bij haar stoppen, keek om en zag een donkere man op haar afsnellen. Hij rende niet, hij liep vlug. Ze probeerde weg te rennen, maar hij greep haar linkerarm, tilde haar op en zei: 'Rustig, dit is niet eng, dit wordt leuk.' Hij stopte haar achterin de blauwe Lamborghini. Het was precies dezelfde versie die eerder achter haar aan had gereden. Ze hijgde en observeerde alles om haar heen. Tot haar verbazing zag ze achterin Marcel zitten. De man die haar had opgetild was achter het stuur gaan zitten. 'Ik ben Brian, een vriend van Marcel. Je hoeft niet bang te zijn, we doen je niets.' 'Marcel, leg uit, wat heeft dit te betekenen? Dit vind ik echt niet leuk. Ik was zo bang! En nog steeds eigenlijk.' 'Ik wilde een droom van een nachtmerrie voor je maken,' zei Marcel. Het leuke deel komt nog. We gaan naar het strand, een kampvuurtje maken en met z'n tweeën wijn drinken. Brian is de chauffeur vanavond.' 'Nou, een mooie chauffeur. Best hardhandig ook. Ik ben hier niet van gediend. Ik wil onmiddellijk naar huis.' 'Weet je het zeker?' vroeg Marcel. 'Zeer zeker,' reageerde Odylle fel. Ze werd netjes thuisgebracht, maar met bonkend hart en getwiste gevoelens lag ze in bed. Wat een kutactie van die kerels. Wat moest ze daar nu mee? Me eerst ontvoeren en denken dat ik daarna zin heb in een wijntje? Nou inderdaad. Ze pakte een fles wijn uit haar koelkast, stak een sigaret op en dronk de hele fles in haar eentje leeg. Misschien had ze een leuk moment met Marcel gemist, maar dat zou ze nooit weten. Hij had moeten weten dat ze van een zachte aanpak hield. Ze werd dronken en vroeg zich af of ze zich niet wat avontuurlijker had moeten opstellen. Wie weet had Marcel haar romantisch gezoend vanavond. Ze wachtte al zo lang op acties van zijn kant. Maar zijn vorige actie was beter. Hier was ze echt van geschrokken.

Jason en Dora vielen na een jointje gerookt te hebben op Dora's balkon direct in slaap. De volgende ochtend werden ze laat wakker. Jason bekeek haar woonkamer. Het eerste wat hem opviel was de reusachtige witte vleugel die er stond. 'Speel je ook piano?' vroeg hij. 'Ja, ik kan een paar stukken. Ik zal zo wat voor je spelen, maar ik maak eerst een ontbijtje, goed?' Hij ging zitten op de enorme witte designhoekbank, die goed paste bij de witgelakte houten balken en perzikkleurige lemen muur. Hij liep naar het balkon en stak een sigaretje op. Hij ging zitten op het witte houten bankje dat naast de palmboom stond die zijn wortels droeg in een enorme donkergroene pot. Ze had gevoel voor stijl. Het voelde als thuis voor hem. Hij zou hier zo kunnen wonen. Maar misschien was ze daar niet het type voor en hield ze van apart wonen, mijmerde hij. 'De pannenkoeken zijn klaar! O, je zit buiten. Dan ontbijten we daar. Blijf maar zitten.' Ze haalde een klein tafeltje, plaatste de pannenkoeken met stroop erop en haalde borden en cappuccino voor hen op uit de keuken. Toen ging ze naast hem zitten op het bankje. Knus zaten ze naast elkaar te genieten van haar ontbijt. Jason vroeg haar: 'Wat vind je van samenwonen?' 'Je gaat wel erg hard van stapel hè. Eerst vraag je me ten huwelijk en nu dit. Meende je dat trouwens over samen trouwen?' 'Nou eh, eigenlijk wel. Maar niet direct. Over een tijdje.' 'Oké, ik zeg dan alvast ja. En samenwonen kunnen we een keer uitproberen toch? Apart wonen heeft ook wel wat. Ik hou ook wel van een beetje rust. Of juist kabaal maken in mijn eentje.'

Odylle schrok wakker door de bel. Ze keek door het raampje van de deur en zag dat het Marcel was. Hij had een bos zachtgele rozen bij zich. Ze bleef naar hem staren. Hij had een groene bloes aan die net iets donkerder was dan de kleur van zijn ogen. 'Mag ik binnenkomen?' schreeuwde hij. 'Als je normaal doet!' schreeuwde ze terug. 'Beloofd!' zei hij. Ze opende de deur en liet hem binnen. 'Sorry Odylle, van gister. Je maakt me gestoord. Ik kan alleen nog aan jou denken en wist geen andere manier om je ergens mee naartoe te krijgen.' 'Ooit van beleefd iets vragen gehoord?' 'Ja, maar ik vond dit spannender.' 'Je kikt dus op angstige meiden,' concludeerde ze. 'Nee, ik ben gek op jou. Maar weet het niet goed te uiten. Vergeef me, oké?' 'Misschien, geef eerst die rozen nou maar.' 'O ja, sorry, voor jou omdat ik van je ...' 'Dank je,' onderbrak Odylle hem. 'Kom, ga zitten. Wil je koffie, thee?' 'Iets fris graag, doe maar cola als je dat hebt.' Ze bracht hem een blikje cola en een glas met ijsklontjes erin. Toen ging ze naast hem zitten op de bank. 'Gister was niet grappig, maar die rozen zijn mooi. Dank je,' zei ze nogmaals. 'Het spijt me oprecht van gister. Brian kwam met het idee. Hij kent je natuurlijk niet, maar dacht dat iedere vrouw wel van een beetje spanning hield. Dus ging ik erin mee, sorry.' 'Maar wat kom je hier doen?' 'Mijn excuses aanbieden.' 'Ontvangen en verder.' 'Je vertellen hoe mooi ik je vind en je mee te vragen om samen vis te eten aan de boulevard.' Ze glimlachte. 'Leuk, ik kleed me even om, dan gaan we.' Hij staarde naar haar ronde billen in de witte nachtjapon terwijl ze weg leek te wiegen. Ze kwam terug in een groen jurkje met franje en witte stippen. Ze had expres iets gekozen wat bij zijn kleding hoorde. 'Mooi ben je,' zei hij. 'Ik rijd, oké.' Ze liepen de deur uit naar zijn Lamborghini. 'Had je mij eerder ook gevolgd?' vroeg ze. 'O, zo vaak! Haha!' lachte hij. 'Je bent mijn leukste hobby.' 'Creep,' reageerde ze plagend. Ze vond het overdreven en ongepast, zijn acties, maar ze was ook een beetje gevleid. Ze zochten een restaurant uit op de boulevard met een prachtig uitzicht op zee. Het restaurant had allerlei verschillende soorten geverfde vissen op de muren. Een cruiseschip arriveerde en de boulevard vulde zich met toeristen. Ze genoten van het uitzicht, de gezelligheid op de boulevard en de heerlijke vis. 'Marcel ... dit vind ik echt leuk. Dank je voor deze date. En ik heb zojuist besloten je alleen nog privé te spreken en niet meer in je praktijk. Je kunt zelf wel wat psychische hulp gebruiken zou ik zeggen met die rare actie van gister.' 'O jee, volgens mij gaan we het daar nog vaak over hebben. Sorry, sorry, sorry, sorry. Maar fijn dat je nu officieel mijn vriendin bent in plaats van mijn patiënt.' Ze kreeg roze wangen. 'Vriendin? Wauw, leuk zeg. Eindelijk,' zei ze.

Jason en Dora waren weer naakt in bed gekropen. Jason streelde langdurig haar linkerborst en zij masseerde zijn rug met haar linkerarm voor zover ze erbij kon. Het was erg opwindend. Jason moest lachen om haar gekreun. 'Zooo lekker,' zei ze. 'Ja hè,' antwoordde hij. Daarna vree-en ze. Toen ze klaar waren gingen ze beiden douchen. Dora trok een rood jurkje aan met halflange mouwen en plooien aan de onderkant. De jurk kwam tot net boven haar knieën. 'Nu ben ik wel heel benieuwd naar je pianospel.' 'Ik ken niet zo heel veel stukken op de piano, maar ik zal een romantisch stuk voor je spelen. Het heet "Marriage d'amour" en is gecomponeerd door Paul de Senneville. Ik vind het zelf een heel mooi stuk, maar ik ben benieuwd wat jij ervan vindt.' Jason ging op de bank zitten en keek naar de mooie Dora die speciaal voor hem de piano bespeelde. Het stuk was prachtig. Hij genoot. 'Wat speel je mooi,' zei hij toen ze klaar was. 'Ik ben echt onder de indruk. Een talentje ben je.' Dora glimlachte breed. 'Dank je wel,' zei ze.

Odylle maakte de instrumenten in haar praktijk schoon ter voorbereiding op de volgende klant. Ze keek op haar agenda en zag dat de volgende klant Mr. R. Noire heette. De naam kwam haar niet bekend voor. Misschien een nieuwe klant, dacht ze. Ze wilde net de deur opendoen om de klant op te halen, toen de deur al openging. Dat was niet volgens de klantenvoorschriften! De klanten bleven normaal altijd netjes in de wachtkamer op haar wachten. Maar deze klant dus niet. Geschrokken keek ze wie er binnenkwam. Het was de engerd die haar bedreigd had laatst op straat. Mr. Noire wierp haar een vieze brede grijns toe, pakte haar bij haar nek en duwde haar hoofd in de lage wasbak waarna hij de koude kraan door haar haren liet stromen. Ze riep om hulp, maar er was waarschijnlijk niemand. Haar geschreeuw mengde zich apart met het geluid van het stromende water. Ze baalde dat ze een jurkje droeg onder haar witte jas. Ze voelde dat hij haar jurkje langzaam over haar billen naar voren bewoog. Daarvoor had hij met één hand, de andere bleef haar nek namelijk vastgrijpen, waarschijnlijk zijn eigen broek naar beneden gedaan. Want ze voelde zijn enorme piemel tegen haar slipje aan duwen op zoek naar de ingang. Hij schoof haar slipje opzij en stootte ruw zijn piemel naar binnen. Eerst voelde ze alleen maar scheuten van pijn, terwijl hij wild in haar stootte. Ze schreeuwde om hulp, maar niemand die het leek te horen. Tot haar eigen verbazing wisselde haar roep om hulp zich af met kreten van genot. Ze wilde hier niet van genieten. Maar het gebeurde toch. Hij paste perfect in haar kut. Ze baalde en schaamde zich verschrikkelijk. Haar hoofd voerde een tweestrijd. Het lukte haar niet hem van zich af te schoppen met haar benen. Helemaal niet nu hij in haar zat.

Het kostte haar al genoeg moeite om te blijven ademen onder de koude kraan. Voor een moment gaf ze zich aan hem over en ze kwamen tegelijkertijd. Ze kon het niet helpen. Hij wist precies hoe hij haar had moeten behagen. Maar ze voelde zich vies vanbinnen. Hij was absoluut niet de man die ze wilde en verkracht worden was wel het laatste wat ze wilde. Ze was boos. Ontzettend boos. Eindelijk liet hij haar los. Ze schoot omhoog en liet haar natte haren op haar schouders vallen. 'Wat denk je wel niet! Ik bel meteen de politie. Ga weg! Laat me met rust en waag het niet ooit nog mijn leven binnen te dringen. Laat staan mijn lijf. Je hebt het recht niet om aan me te zitten. Ga weg!' gilde ze. Mr. Noire zei niets. Hij liep achteruit naar de deur met zijn lange zwarte jas open en deed zijn broekrits dicht. Met een scheve enge grijns keek hij met zijn ogen naar omhoog om haar te laten weten dat hij genoten had. Toen draaide hij zich om en liep via de wachtkamer naar buiten. Ze belde meteen de politie. 'Ik ben verkracht, ik ben verkracht!' wist ze alleen maar te roepen. 'Kalm aan, mevrouw,' klonk een mannenstem aan de andere kant. 'Geef uw locatie door dan komen we meteen naar u toe.' Ze gaf het adres door van haar praktijk, deed alle deuren dicht, belde de volgende klant af en wachtte al trillend op een stoel op de agenten.

Er kwam niet alleen een politieauto aan met twee agenten erin, maar ook een ambulance. Ze werd inwendig gecontroleerd. Er werd sperma gevonden en in een buisje gedaan. Verder was er gelukkig geen sprake van beschadigde huid en bloedingen. Ook werd ze nog getest op een soa. De uitslag daarvan zou ze later te horen krijgen. 'Wil je een morning-afterpil?' vroeg een verpleegkundige. 'Ja, graag,' antwoordde ze. Ze gebruikte op dit moment nog geen anticonceptie omdat ze toch geen gemeenschap dacht te hebben, maar wilde absoluut niet zwanger worden van deze engerd. Toen bleek dat ze lichamelijk verder in orde was en ze tot in detail aan de agenten had uitgelegd wat er gebeurd was, mocht ze naar huis. Ze had gelukkig direct aangifte kunnen doen van de verkrachting door Mr. Noire. Er werd haar nog aangeboden met een traumadeskundige in gesprek te gaan over het voorval. Ze schudde haar hoofd. Ze zou dit wel met Marcel gaan bespreken. Die had genoeg ervaring om haar hieroverheen te helpen. Daar vertrouwde ze op.

Thuis nam ze onmiddellijk een superlange douche. Ze gebruikte ook een vaginale douche. Daarna liet ze het bad vollopen, deed er rustgevende lavendelolie in en gleed erin. Ze probeerde rustig adem te halen en de verkrachting van zich af te schudden, terwijl ze speelde met het lekker warme water om haar heen. Het was zo raar geweest. Zo had ze zich een verkrachting niet voorgesteld. Het had veel erger kunnen zijn, dat besefte ze, maar ze was zo in de war omdat ze het deels zowel beangstigend als lekker had gevonden. Ze had gewild dat ze helemaal niets had gevoeld, ze had gewild dat ze dit niet had hoeven meemaken. Dat iemand zo beslag nam van haar lichaam maakte dat ze zich hulpeloos en machteloos voelde. Het was zo oneerlijk. Dit was haar lichaam. Niemand had het recht haar aan te raken zonder haar instemming. Ze had gewild dat ze sterker was geweest. Dat ze had kunnen vechten tegen dit onrecht. Maar ze had geen kant op gekund. Ze schaamde zich. Ze wilde niet dat Mr. Noire nu ervaring had met haar binnenste. Een deel van haar zijn was gestolen. Het was bedoeld voor iemand waar ze van hield, maar die kans had ze helaas nog niet gekregen. Haar maagdelijkheid was zonder pardon doorbroken. Ze trok een pyjama aan en deed sloffen aan om zich zo behaaglijk mogelijk te voelen. Toen belde ze Marcel. En vroeg hem of hij langs kon komen. 'Ik kom er zo aan,' zei hij, 'ik moet nog het gesprek met één klant afronden.' Doelloos en afwezig liep ze door haar huis. Na een tijdje zette ze een kop thee en ging op de bank zitten. Toen ging de bel. Ze schrok. Ze trok het gordijn voor de deur opzij en zag dat het Marcel was. Het was fijn hem te zien. Ze voelde zich iets veiliger. Snel deed ze de deur open en liet zich lang omarmen. 'Wat is er liefje?' vroeg hij. 'Je ziet er zo verdrietig uit.' 'Zo voel ik me ook. Ik ben vernederd, Marcel, die enge man waar ik het laatst over had heeft mij zojuist verkracht.' 'Nee! Och, schatje toch. Kom hier.' En weer omarmde hij haar. Ditmaal nog zachter. Ze smolt en even vergat ze wat er gebeurd was. 'Wil je ook een kop thee?' vroeg ze. 'Ja, en ik wil ook wat anders, maar dat kan ik je nu niet aandoen. Laat me weten wanneer je daar klaar voor bent.' 'Waarvoor?' vroeg ze nog steeds wat verdwaasd. 'Ach laat maar. Je merkt wel een keer wat ik wil. Het gaat nu niet om mij maar om jou. Wat wil jij zo doen na de thee?' 'Een lange wandeling maken langs het strand.' 'Oké lieverd, dan gaan we dat zo doen.' Samen gingen ze dicht naast elkaar op de bank zitten en luisterden in stilte naar een sonate van Brahms op een zacht volume. Toen trok ze een donkerblauwe body aan met sluiting onder haar vagina. Alsof dat haar kon beschermen, dacht ze bij zichzelf. En ze trok een licht-blauwe hoog sluitende spijkerbroek aan met zachtroze sneakers eronder. Daarna gingen ze naar buiten. Met de ramen van zijn Lamborghini open reden ze naar het strand. Ze genoot van de bries in haar gezicht. Op het strand was het rustig. Hand in hand liepen ze langs de kust. Toen vroeg hij haar of ze hem wilde vertellen wat er gebeurd was. Ze vertelde hem alles, zelfs hoe het gevoeld had. 'Wat vreselijk voor je, schat,' zei hij. Hij baalde er enorm van dat iemand op zo'n gewelddadige manier aan die lieve Odylle had gezeten. En hij baalde vooral dat hij haar op dat moment niet had kunnen beschermen. Voorlopig wilde hij niet dat zij zou werken. Het idee dat zij weer alleen zou zijn en risico liep om opnieuw lichamelijk misbruikt te worden beangstigde hem te veel. Hij kon niet voortdurend bij haar zijn, want zijn eigen werk wilde hij wel door laten gaan. Maar grote risico's moesten ze zien te vermijden, zeker nu de dader nog niet gepakt was. Ze pakten een terrasje langs het strand en hij vertelde haar rustig dat het hem beter leek als ze niet zou werken. Ze knikte. Het leek haar ook beter. Ze zou zelfs moeite hebben het pand te betreden, dacht ze, omdat ze absoluut niet ook maar enigszins aan de verkrachting herinnerd wilde worden. 'Nee, ik blijf voorlopig gewoon thuis. Ik bel mijn klanten wel af.' Voor vandaag had ze dat nog niet gedaan. Ze had te veel aan haar hoofd gehad. Maar ze verwachtte dat de klanten vanzelf wel naar huis gingen als ze op een gesloten deur zouden stuiten en zouden merken dat ze telefonisch ook niet bereikbaar was. Ze had haar telefoon thuisgelaten. Ze wilde al haar aandacht focussen op het samenzijn met Marcel, wat steeds kostbaarder voor haar begon te worden. Toen zei hij: 'Lieverd, laatst op een afspraak bij mij op kantoor rook je naar wiet. En ik heb liever dat je geen jointjes rookt want voor een kwetsbaar persoon als jij kan dat zomaar eens uitlopen op een psychose. Zeker nu je zo'n heftig iets hebt meegemaakt.' 'Ik ben helemaal niet kwetsbaar,' loog ze hardop tegen zichzelf. 'Nee, zo bedoel ik het niet. Je bent een vrouw met een sterke persoonlijkheid, maar je hebt geen fijne jeugd gehad en je hebt net iets vreselijks meegemaakt. Dat doet iets met je psyche. En dat kan je kwetsbaar maken voor de nadelige invloed van cannabis.'

Na de wandeling belde ze Dora om af te spreken, maar die had de volgende dag pas tijd. Dus zat ze alleen thuis. Ze ging de deur uit om wiet te halen, want ze wilde alles vergeten wat ze had meegemaakt en ze wist geen betere manier. Praten met Marcel had haar het gebeuren opnieuw laten ervaren en dat voelde niet echt goed. In haar tuintje, op een witgelakt bankje onder een boom, rookte ze het jointje in langzaam tempo terwijl ze de blauwe lucht langzaam zag veranderen in een donkerblauwe lucht vol sterren. Ze werd rustig. Ze dronk een liter water, at twee geschilde appels in stukjes en ging slapen. Ze had veel te weinig gegeten vandaag, maar ze had niet zoveel trek en ook geen zin in koken. De volgende morgen werd ze met een hongerig gevoel wakker. Ze at wat walnoten met een paar mandarijnen en veel aardbeien. Daarna dronk ze een grote koffie met soja-vanillemelk. Ze voelde zich niet goed. Ze had gedroomd dat Mr. Noire haar achtervolgde. Hij kon haar net niet te pakken krijgen in haar droom, omdat ze zich net op tijd wakker had weten te dwingen. Maar ze voelde zich bang. Misschien kwam het door het jointje, maar ze begon het verschil tussen realiteit en droom kwijt te raken. Dat was in haar geval ook niet zo raar omdat de nacht op de dag had geleken qua angst. Ze rilde even terwijl het best warm was in huis. Haar airco deed het niet. Bovendien hield ze wel van een beetje hitte. Toch had ze het koud.

Vanmiddag zou ze met Dora gaan lunchen in het kleine restaurant dat zich in een soort tuinhuisje bevond. Maar nu ging ze weer op bed liggen, voldaan van het heerlijke en gezonde ontbijt. Ze zette de radio zachtjes aan en staarde naar haar plafond dat opeens allerlei kleuren begon te krijgen. Vooral de kleur turquoise kwam steeds tevoorschijn en liep over in roze of paars. Vanuit het paars verscheen donkerblauw, turquoise, felgroen en geel. Geel werd weer roze en zo ging het een tijd door. Dit had ze nog nooit meegemaakt. Het was fascinerend opeens, dat plafond. Ze vroeg zich af wat er precies met haar gebeurde, maar wist geen antwoord. Ze nam een warme douche en probeerde zich aan te kleden. Ze paste wel vijf outfits, tot ze besloot in een wit joggingpak met paars-witte sneakers naar buiten te gaan. In haar oogschaduw liet ze het paars van haar schoenen terugkomen. Het paars paste niet helemaal bij haar kleur haar, maar het kon haar niet schelen. Ze deed magnetische eyeliner op met de bijbehorende magnetische wimpers en voelde zich compleet. In plaats van de fiets te pakken ging ze lopen. Ze kwam een half uur later dan afgesproken aan. Dora was al aan haar tweede muntthee met honing begonnen. Dora maakte zich zorgen toen ze Odylle zag. Ten eerste was te laat komen totaal niet haar stijl en ten tweede zag Odylle er erg vermoeid uit. Haar opgemaakte ogen konden dat niet vermommen. Dora stond op en gaf Odylle een lange knuffel. Ze hadden nog niets tegen elkaar gezegd. Ze keken elkaar aan. Toen schoten Odylles ogen snel weg. Alsof ze iets te verbergen had. Ze gingen zitten. Odylle bestelde een wijn. Ook dat was niet haar stijl; wijn midden op de dag. Dora deed met haar mee. Samen nipten ze van hun wijnglazen. 'Hoe is het met jou?' vroeg Dora. 'Het gaat,' antwoordde Odylle. 'En hoe is het met jou?' 'Prima, maar ik maak me een beetje zorgen om je. Je ziet er moe uit. Weet je zeker dat het gaat?' Toen glipte er een tranenstroom uit Odylles ogen. 'Ik ben verkracht, Dora. Gister.' Dora schrok. 'Wat!?' riep ze uit. 'Toch niet door die engerd van laatst?' 'Ja, juist wel,' reageerde Odylle somber. Het genot van de verkrachting was ze al vergeten. Ze voelde zich nog steeds vies vanbinnen en vernederd, hoe vaak ze zich ook had schoongemaakt. En ze was boos. Boos dat iemand haar vrijheid had afgepakt en bezit van haar lichaam had genomen.

'Wil je erover praten?' vroeg Dora. 'Nee, nu niet, ik heb het er al uitgebreid met Marcel over gehad gister. Ik wil het achter me laten. Niet dat dat lukt. Maar erover praten brengt te veel naar boven, denk ik.' 'Oké lieverd, maar weet dat ik er voor je ben als je iets kwijt wilt of even afleiding nodig hebt.' 'Dank je,' zei Odylle. Toen bestelden ze beiden een salade met gebakken garnaaltjes erdoor en warme broodjes met knoflookboter erbij. Ze zeiden beiden niet veel. Odylle legde Dora uit dat ze voorlopig niet zou werken. Daar had Dora begrip voor. Verder wist Dora niet goed wat ze kon zeggen om haar vriendin comfort te bieden. Ze zei: 'Ik hoop dat ze de dader snel vinden. Laat het me weten wanneer je iets hoort van de politie.' 'Ja, zal ik doen,' zei Odylle en ze wist een flauwe glimlach te produceren. Na het eten maakten ze een wandeling door het park vol met de prachtigste bloemen en daarna bracht Dora Odylle naar huis. Bij het afscheid nemen kuste Odylle Dora plotseling vol op de mond. Dora was verbaasd en verrast. Het voelde lekker maar het was vreemd. Zo kende ze Odylle niet. 'Zorg goed voor jezelf,' zei Dora, terwijl ze Odylle een warme knuffel gaf. 'En bel me als je iets nodig hebt of gezelschap wilt.' Odylle hield zich sterk. Ze voelde zich zo slap na de wijn. Ze zei: 'Is goed, dat zal ik doen, Dora.' En sloot de deur gauw achter zich. Toen liet ze zich vallen op de bank en bleef daar uren liggen met haar ogen open, lettend op elk geluid om haar heen al was het voornamelijk gaan regenen. Toen viel ze op de bank in een onrustige slaap. Ze schrok wakker van een stem in haar hoofd. Het was een zware mannenstem die niets anders zei dan: 'Pijn'. Ze vond het eng. Ze belde Marcel. Die zei dat ze zich moest laten behandelen, want het horen van stemmen kon een aanwijzing zijn van een beginnende psychose. Ze vroeg zich af wat de stem had willen zeggen. Had de stem haar gewezen op de emotionele pijn die ze had ervaren tijdens en na de verkrachting? Had de stem het over de leegte die ze in zichzelf voelde of stonden haar nog ergere dingen te wachten? Van wie was die stem? De stem kwam haar niet bekend voor. En hoe kon het zijn dat ze zomaar zo duidelijk een stem kon horen? Zo mijmerde ze verder. Toen ging de bel. Odylle schrok.

Het was Marcel, samen met een onbekende oudere vrouw. Ze deed de deur open. De vrouw bleek een collega van Marcel te zijn. Ze heette Lisa en was een psychiater, zei ze. Hier heb ik dus echt geen zin in hè, dacht ze bij zichzelf. Maar ze probeerde haar weerzin in het gesprek niet te laten merken. De vrouwelijke psychiater hield zich onnozel en vroeg haar een aantal zaken, terwijl ze waarschijnlijk al op de hoogte was gebracht door Marcel. Ze vroeg bijvoorbeeld of ze laatst nog heftige dingen had meegemaakt en of ze aparte dingen had gehoord of gezien. Odylle was kort in haar antwoorden maar open. Bij elk antwoord dat ze gaf begon Lisa steeds zorgelijker te kijken. Heel professioneel, dacht Odylle sarcastisch bij zichzelf. De conclusie van het gesprek werd duidelijk. Odylle moest worden opgenomen in een kliniek en wel zo snel mogelijk, omdat ze hoogstwaarschijnlijk psychotisch was. Had ze Marcel maar niet zo in vertrouwen genomen, dacht Odylle. Ze wilde gewoon thuis zijn in een vertrouwde omgeving, jointjes roken en zich ellendig voelen. Maar dat mocht niet. Even later arriveerde een ambulance. Alsof ze een misdaad had gepleegd, werd ze in de ambulance vastgebonden. Ze snapte de ophef niet, maar werkte mee. Marcel reed achter de ambulance aan. In de kliniek bleef hij bij het intakegesprek en begeleidde haar daarna naar haar kamer. Ze had zelf niets ingepakt, maar Marcel had een tas bij zich waar hij enkele spullen van haar in had gestopt. Hoe hij haar pyjama, ondergoed, douchespullen en een paar kleren had weten te vinden en wanneer hij dat had gedaan was haar een raadsel. Hij had nog nooit bij haar geslapen, maar blijkbaar had hij zich meer thuis gevoeld dan ze dacht. Ongewild moest ze glimlachen. 'Dank je, Marcel,' zei ze. 'Ik doe alles voor je, lieverd. Niet bang zijn, je bent niet meer alleen,' antwoordde hij. Het voelde fijn dat te horen. Maar ze wist dat hij zo zou vertrekken en ze wel alleen zou zijn, op een paar gekken om haar heen na. Alsof hij wist wat ze dacht zei hij: 'Bel me. Zo vaak je wil. Ik wil er voor je zijn. Morgen kom ik weer langs. Misschien kunnen we gaan wandelen of zo.' 'Dank je,' zei ze weer. Hij bleef nog even bij haar en toen vertrok hij. Ze liep naar de woonkamer van haar afdeling en ging op de bank zitten. Voor het raam stond een donkere jongen met korte vlechtjes in zijn haar. Hij staarde naar buiten. Misschien keek hij wel naar de witte duif die zojuist geland was. Ze kon het niet goed zien. Toen draaide hij zich om. Hij was erg mager, maar zijn donkerbruine ogen twinkelden. 'Hi,' groette hij haar. Ze glimlachte terug. Ze was te moe om iets te zeggen. Hij liep door naar de keuken en ze rook de geur van een tosti die opgewarmd werd. Ze kreeg er bijna trek van. Toen ging ze weer naar haar kamer. Op het bureautje lag een notitieblok en een pen. Alsof de verzorgers wisten wat ze nodig had. Ze begon woorden te schrijven die in haar hoofd opkwamen. Ze dacht aan het Engelse woord "lover". En het Franse woord "l'eau vert". Ze schreef het op. Misschien was het woord "lover" wel een ode aan de turquoiseblauwe zee. Hoe romantisch was het om 'je bent mijn zee' te zeggen. Of 'voor jou voel ik een zee van liefde'. 'In jou verdrink ik.' Ze schreef het allemaal op. Ze wist niet waar haar romantische bui vandaan kwam. Misschien waren het de ogen van de jongen wel die haar zeiden 'jij laat mij twinkelen als de door zon verlichte zee'. Ze moest weer glimlachen. In dit uiterst kale en steriel ingerichte oord voelde ze zich toch beter dan ze had verwacht. Ze voelde zich in ieder geval veilig. Mr. Noire zou hier nooit kunnen komen. Ze hoopte dat de politie hem inmiddels had opgespoord, maar helaas had ze nog niets daarover gehoord. Ze liet het kladblok voor wat het was en ging op het harde bed liggen.

Ze wilde dat ze meer van zichzelf kon houden, maar het lukte haar niet. Het probleem was dat ze geen liefde van zichzelf verlangde, maar van een ander, van een man. Hoe zou ze het verlangen naar liefde voor zichzelf kunnen opwekken? Ze wist het niet. Ze zag er goed uit.

Aan haar uiterlijk lag het niet. Ze vond zichzelf wel mooi. Maar dat uiterlijk had er juist voor gezorgd dat iemand zich aan haar vergrepen had. Dus walgde ze van zichzelf en haar lichaam. Maar het was toch niet haar fout of wel? Ze wist het niet. Ze voelde zich onzeker en kwetsbaar. Alleen in haar kamer kwam ze niet tot rust. Ze liep weer naar de woonkamer. De donkere jongen was verdwenen, maar de tostigeur hing er nog een beetje. Ze pakte een glas en vulde dat met water uit de kraan. Ze dronk achter elkaar drie glazen op, zette een koffie en kookte wat melk. 'Maak je ook voor mij?' klonk een bekende warme stem. Ze draaide zich om en zag de donkere jongen vlak achter haar staan. Ze knikte en zei: 'Ja, is goed.' 'Ik heet Ralph trouwens', zei de jongen. Ze schatte hem op 26 jaar. 'Ik ben Odylle.' Ze vulde de melk wat bij en deed een nieuwe koffiepad in het apparaat. 'Nou, jij bent goed met latte macchiato,' lachte hij nadat hij een slok genomen had van de heerlijke koffie. 'Dank je,' glimlachte ze terug. 'Jij lijkt me goed met tosti's. Was die lekker?' 'Jazeker, volgende keer maak ik er eentje voor je. Laat maar weten wanneer je er trek in hebt. Het is het enige wat hier een beetje te eten is jammer genoeg.' 'Ow echt?' 'Ja, het is hier vooral zoutloos eten. Vaak gestampte aardappelen met wat smaakloze groentes.' 'Jaik,' reageerde ze, 'dan neem ik je aanbod graag aan, ik lust er over een uurtje wel één.' 'Is goed hoor,' zei Ralph. Hij ging met zijn koffie op de bank zitten en pakte het vrouwentijdschrift *La Bella* van de stapel op de salontafel. Ze ging naast hem zitten en gluurde mee. Allemaal prachtige modellen in modieuze jasjes waarbij je iets van hun ronde borsten en buik kon zien. Het verbaasde haar altijd, die dunne meiden die toch flinke borsten hadden. Die van haar waren aan de kleine kant vergeleken met hen. Ze voelde zich op haar gemak bij Ralph. Hij had een vriendelijke uitstraling en keek niet zo begerig naar haar als de meeste mannen. Dat vond ze prettig. Ze kon wel een vriend gebruiken hier, dacht ze. En met Ralph leek het gelukkig wel te klikken. 'Ja, sorry dat ik even plaatjes kijk. Er is hier zo weinig te doen. En ik heb ook niet veel te zeggen eigenlijk,' zei Ralph. Odylle moest lachen om de verontschuldiging. Zo beleefd! 'Geeft niet hoor,' reageerde ze. 'Doe je ding.' Ralph keek haar aan en toen weer naar de plaatjes. 'Je bent bijzonder,' zei hij. 'Hoezo?' vroeg ze. 'Je bent niet eng,' zei hij. Ze bloosde. Ze had iets anders verwacht om te horen, maar dit klonk schattig en herkenbaar. Zij vond ook veel mensen eng, hield normaal gesproken graag wat afstand. Ralph legde zijn blad terug. 'Ik krijg zo visite. Mijn zus. Maar daarna zoek ik je weer op, oké?' 'Ja, is goed. Veel plezier!' 'Dank je.' En hij leek weg te zweven met zijn tengere lichaam. Ze pakte nu zelf het blad en las wat. Het ging over een meisje dat anorexia had en niet in de spiegel durfde te kijken. Tranen gleden over haar wangen. Waarom zou je lichaam niet goed genoeg zijn? En wat als je jezelf te mooi vindt? Was dat ook een stoornis? Zo voelde het wel. Misschien moet ik mijn kledingstijl veranderen. Minder opvallend of zo. Morgen zou ze Marcel vragen of hij met haar kon gaan shoppen. Als de dokters dat goed vonden tenminste. Ze had begrepen dat je hier in de kliniek eerst om toestemming moest vragen voordat je naar buiten mocht. Op de binnenpleintjes van de kliniek mocht je wel zijn als je daar zin in had, maar buiten de kliniek kon dat alleen met toestemming van een dokter, meestal in eerste instantie onder begeleiding van verplegers of bezoek. Ze deed het tijdschrift dicht en de deur naar de kleine betegelde tuin open. Een paar bomen en een paar patiënten. De patiënten waren allemaal aan het roken. Nu kreeg ze opeens ook trek in een sigaret. Ze vroeg er eentje aan een oudere vrouw die ze zag met rossig grijze haren, die al maanden niet gekamd leken. Ze droeg een ochtendjas over een tuinbroek, terwijl het best warm was. De vrouw stak hem voor haar aan. 'Ja, er is hier niet veel anders te doen,' zei de vrouw. 'Ik heet Maria.' 'Odylle.' En ze stak haar hand uit ter kennismaking, maar de vrouw wend-de haar gezicht af en begon zacht in haarzelf te praten. Odylle kon haar niet verstaan. Het klonk als gemompel. Odylle ging zitten op een bankje en staarde omhoog. Ze keek naar de lege blauwe lucht. Haar gedachten dwaal-den af. Ze dacht niet meer aan de vrouw of aan Ralph of aan Marcel. Ze dacht aan Mr. Noire ...Aan hoe eng het was geweest. Hoe vies ook. Het lekkere aspect dwong ze zichzelf te vergeten. Zo vies was het. Zijn sperma in haar vagina. Waarom had de politie nog niet gebeld? Ze had hogere verwachtingen gehad van de politie. Nu was het wachten en wachten op het verlossende bericht dat Mr. Noire was opgepakt. Waarschijnlijk was hij gevlucht. Misschien ook niet en vond hij zijn daad doodnormaal. Dood mocht hij neervallen van haar, zozeer haatte ze zijn handelen.

'Hoi.' Daar was Ralph weer. Een verlossende engel van haar kwade koppie. 'Gaat het?' vroeg hij. 'O, ja hoor,' loog ze. 'Mooi.' 'Was het gezellig met je zus?' 'Nou, viel mee. Ze probeert me altijd allerlei voedingssupplementen aan te praten. Ze denkt bijvoorbeeld dat ik beter Lithium kan slikken dan Olanzapine. Nou, ik eet liever elke dag een pan tomatensoep dan pilletjes te slikken. Zodra ik hier weg ben stop ik ermee. Dan ga ik gewoon supergezond eten. Daar vraagt mijn lichaam om. Moet je niet aan de dokters hier vertellen hoor. Ik heb de laatste jaren slecht gegeten. Vooral heel weinig. Veel gerookt. En was af en toe aan de speed. Daar ga ik allemaal mee stoppen. Heb een psycholoog hier gesproken. Die vond dat ik te negatief over mezelf dacht. Heeft ie wel gelijk in. Dus ben bezig mezelf vol te stampen met positieve gedachtes. Zodat negatieve gedachtes bijna geen kans krijgen. En als ze wel een kans krijgen, is het een veel lager percentage vergeleken met de positieve gedachtes waardoor de negatieve gedachtes hun kracht verliezen. Dat werkt supergoed. Zou je ook eens moeten proberen.' Odylle luisterde aandachtig. Gezond eten deed ze al. Maar de wiet, die paste niet goed bij haar blijkbaar. Ze had voordat ze dat gebruikte nog nooit een psychose gehad. Maar ze was ook nooit eerder misbruikt. 'Waarom zit jij hier eigenlijk?' vroeg ze aan Ralph. 'Doordat ik zo slecht voor mezelf zorgde kreeg ik last van achtervolgingswaanzin, zoals ze het hier noemen. Ik dacht dat de overheid me in de gaten hield. Plakte de camera's van mijn telefoon en laptop af. Durfde op een gegeven eigenlijk niemand meer te bellen, omdat ik dacht dat het gesprek afgeluisterd werd. Mensen die ik sprak leken ook weer informatie door te sluizen aan de overheid. Ik wist te veel, zeiden mijn stemmen. "Pas op met wat je zegt!" hoorde ik dagelijks in mijn hoofd. Natuurlijk is het goed om op je woorden te letten. En ik vind nog steeds, ondanks alle gesprekken met mijn psycholoog hier, dat je niemand voor de volle honderd procent kunt vertrouwen. Maar wat je zegt begint met wat je denkt. En dat probeer ik hier op orde krijgen.' 'Wat zijn voor jou dan positieve gedachtes?' 'Ik kan alles doen wat ik wil doen. En alles wat ik doe, doe ik op een excellente manier. En die gedachtes herhaal ik dan een paar keer in mijn hoofd tot ik me sterker voel worden vanbinnen.' 'Wow, daar kun je wel een boost van krijgen inderdaad.' 'Welke positieve gedachtes zouden jou kunnen helpen denk je?' 'Nou, wat je net zei vond ik krachtig. En je mag mooi zijn, je hoeft je voor niemand te schamen ook niet voor jezelf, je mag zijn wie je bent, alles komt goed en mooie zomerdagen wachten op jou.' 'Dat is mooi hé,' reageerde Ralph. 'Best wel diep. Dank je wel dat je dat met mij wilde delen. Heb je zin in een theetje? Citroen of munt of lavendel uit de tuin?' 'Hmm, ik wil lavendel wel proberen,' zei Odylle. 'Oké, ik ben zo terug, wacht hier op me.' Even later genoten ze samen van lavendelthee met vogelgeluidjes op de achtergrond in de tuin.

Dora werd midden in haar slaap wakker van hevige hoofd-pijn. Hé, wat is dit nou, dacht ze, dat heb ik nooit. Haar menstruatie was al een paar dagen uitgebleven. Ze ging googelen. En ja hoor, het bleek een symptoom van een aangevangen zwangerschap te zijn. Ze nam twee paraceta-mol. De hoofdpijn ebde langzaam weg. Maar de slaap kon ze niet meer te pakken krijgen. Onrustig bleef ze in haar bed liggen. Gedachten zoefden door haar hoofd. De pil had ze gewoon doorgeslikt. Maar 99 procent betrouwbaarheid tegen een zwangerschap, betekende ook 1 procent kans erop. Had ze maar niet toegestemd in seks zonder con-doom. Wat als ze nu zwanger zou zijn? 's Avonds concerten geven, overdag de cellostukken instuderen, hoe zou ze dat ooit kunnen combineren met een kind? O jee, dat zou rampzalig zijn. En wat zouden haar ouders ervan vinden als ze aankondigde zwanger te zijn van iemand die ze nog nooit aan hen had voorgesteld. Plus zo'n superdikke buik krijgen, daar zat ze ook niet op te wachten. Maar misschien was het niks, was ze gewoon een beetje ziek. Maar haar gevoel zei behoorlijk duidelijk dat ze zwanger was. Zodra het acht uur was zou zij in de supermarkt staan en een zwangerschapstest kopen.

Ze belde Jason. Maar wat ze niet wist, was dat hij weer eens met Joyce in bed lag. Toen hij zijn telefoon hoorde overgaan, deed hij hem snel op zacht. Hij hoopte dat Joyce, die in de badkamer was, niets had gemerkt. Het was Dora. Hoe graag had hij haar stem willen horen. Ze hadden elkaar al een tijdje niet gezien en hij miste haar. Maar durfde haar ook niet echt onder ogen te komen omdat hij flink had liggen flikflooien met Joyce. Hij schaamde zich voor zijn gedrag. En wilde sorry zeggen, maar durfde niet te bellen. Sowieso zou hij het niet met haar kunnen delen want hij wilde Dora niet kwetsen. Maar diep vanbinnen wist hij dat hij een stukje van zichzelf had weggegeven wat eigenlijk alleen Dora toebehoorde. Een stukje van zijn gevoel (hoezeer hij dat ook had proberen te beperken door het contact met Joyce zoveel mogelijk lichamelijk te houden) en natuurlijk zijn lichaam, wat juist zo fijn bij Dora paste. Dora was beangstigend fijn. Hij verloor zichzelf compleet in haar. En met Joyce had hij juist het gevoel dat hij de controle had. Hij zou Joyce zo met een smoes wegsturen en dan direct Dora terugbellen. Hij was benieuwd wat ze hem wilde vertellen.

Dora had de reactie van de caissière doorstaan, die veelbetekenend had geglimlacht terwijl ze de zwangerschapstest samen met een croissant en 500 ml verse jus d'orange afrekende. Nu liep ze naar huis. Ze had geen hoofdpijn meer, maar was licht misselijk geworden. In de vroege ochtend had ze op internet gelezen dat het foliumzuur uit sinaasappelsap dan uitkomst kon bieden. Thuis dronk ze meteen de jus op. In de croissant had ze niet zoveel trek. Die zou ze later wel opeten. Waarom had Jason eigenlijk niet opgenomen? dacht ze voor de zoveelste keer, terwijl ze naar het toilet liep met in haar hand een plastic bekertje om frisse "uhum" ochtendurine in op te vangen. Ze had de bijsluiter al gelezen. Het staafje een minuut of twee in de urine, dan vijf minuten plat laten liggen en dan streepjes tellen. Hopelijk hoefde ze niet tot twee te tellen. Ze plaste, wachtte en staarde. Al vrij vlot verscheen één streepje. Toen heel langzaam kwam het door haar gevreesde tweede streepje tevoorschijn. 'O nee,' riep ze uit. Ze ging liggen op bed en keek weer naar het staafje. Toch echt twee streepjes. Ze liet het staafje uit haar hand glijden en sloot haar ogen. Een kind! Ze kon het niet geloven. Ze moest het Jason zo snel moge- lijk vertellen. Dora had hem al een tijdje niet gesproken, maar ze had het te druk gehad met het instuderen van de Bachsuites om zich daar druk over te maken. Over twee maanden stond er een recital met alle preludes op het programma. Ze pakte haar telefoon. Toevallig ging die net over. Het was Jason. 'Hallo Dora,' zei hij. Het viel haar op dat hij geen "schat" zei, maar haar bij haar naam noemde. Ze deed hetzelfde. 'Hallo Jason.' Het bleef even stil aan de lijn. 'Je belde me vanochtend, ik sliep,' loog Jason. 'Ja, ik belde, want ...,' haar stem stokte even, 'Ja- son, jouw kind zit in mijn buik. Ik ben er net achter dat ik zwanger ben.' 'Jeetje, wat een nieuws.' Jason kneep zijn ogen even samen. 'En wat wil je ermee gaan doen?' 'Wat voor onnozele vraag is dat! Hoe bedoel je wat ik ermee wil doen?' 'Nou, wil je het houden of weg laten halen?' Ze wist wel wat ze wilde maar vroeg hem polsend: 'Wat wil jij?' 'Ik weet het niet, liever d.' Nu zei hij pas "liever d", merkte ze nuchter op. 'Maar ik denk,' vervolgde hij, 'dat ik wel benieuwd ben naar dat kind.' 'Dat kind,' herhaalde ze in haar hoofd. 'Ons kind' zou mooier hebben geklonken. Ze zuchtte. 'Natuurlijk kan ik ons kindje niet weg laten halen, Jason. Je weet dat ik je leuk vind. En het is sowieso een wonder dat ik zwanger ben geworden, aangezien ik steeds de pil heb geslikt. Ik wil dat wonder waarderen, leren kennen en ervan houden!' Jason slikte. 'Ja, je hebt gelijk. We komen er samen wel doorheen.' 'Waar doorheen Jason?' Ze was te moe en geïrriteerd om op zijn reactie te wachten. Ze hing op. En begon boos aan haar croissant te knabbelen. 'Wat was er mis met Jason? Waarom kon hij niet normaal reageren? Ze had iets positievers verwacht. In de trant van 'wow, ik krijg een kind, geweldig'. Maar ja, zelf was ze ook overdonderd geweest. Misschien had hij even tijd nodig, dacht ze. Ze pakte haar cello op en begon te studeren. Terwijl ze Bach speelde, dacht ze aan het kind dat nog piepklein was, maar zou groeien in haar buik. Wonderlijk, dacht ze weer. Ze vroeg zich af of het een jongen zou zijn of een meisje en hoe de mix van haar en Jason er in beide gevallen uit zou zien.

Na de lavendelthee ging Odylle even naar haar kamer. Ze wilde rusten. Maar het lukte haar niet rust te vinden in haar eentje. Alleen zijn vond ze opeens moeilijk, terwijl ze dat vroeger op bepaalde momenten juist prettig had gevonden. Nu leken de slaapkamermuren op haar af te komen. Ze voelde zich angstig. Ze keek naar haar telefoon.

Ze had een oproep gemist van een onbekend nummer. Misschien was het wel de politie met goed nieuws. Er was alleen geen bericht achtergelaten. En ze voelde zich te verward om terug te bellen. Alle gedachten in haar hoofd leken te tollen. Ze moest hier weg. Weg uit deze kamer. Ze liep met een zwevend hoofd naar de woonkamer. Ze kon moeilijk haar balans houden. Wanneer had ze voor het laatst gegeten? Ze wist het niet meer. Gelukkig zag ze Ralph. Haar rots in de branding. 'Ralph, tosti graag,' zei ze. 'Komt in orde, mevrouw,' lachte hij. Waarschijnlijk had hij geen idee hoe ze zich voelde, dacht ze bij zichzelf. Ze ging op de bank zitten. 'En een citroenthee,' zei ze. Ze kon wel iets verfrissend gebruiken naast de warme tosti, vond ze. En ze voelde zich veel te zwak om zelf ook maar iets te doen. 'Zo, je voelt je wel op je gemak hè,' glimlachte Ralph. 'Is goed hoor!' riep hij vanuit de keuken. Langzaam at ze de tosti op. Hij smaakte verrukkelijk. Ze was dankbaar dat Ralph zo behulpzaam en aardig voor haar was. Dat had ze nu echt nodig. Hij kwam naast haar zitten. 'Hoe voel je je?' vroeg hij. 'Gaat wel,' antwoordde ze. 'Ik denk dat je moet rusten. Je ziet er wat moe uit.' 'Dat lukt niet,' zei ze. 'Ik probeerde het net. Maar ik ben bang alleen en mijn hoofd is te druk.' 'Vraag dan een kalmeringspil aan een verpleegkundige. Ze zijn hier best vrijgevig als het gaat om Lorazepam.' 'Oké, dank je, zal ik doen. En bedankt voor die heerlijke tosti. Daar was ik echt aan toe.' 'Graag gedaan hoor,' grijnsde hij, 'da's niks joh.' Ze stond op en sprak een verpleegkundige aan. 'Ik kan moeilijk rusten. Mag ik een Lorazepam?' 'Ja hoor,' zei die. 'Loop maar mee.' Ze slikte het tabletje onder toeziend oog van de verpleegkundige in. Daarna liep ze richting haar kamer. Maar ze had veel te veel zin in een sigaret. Ze moest Marcel bellen en vragen of hij een pakje voor haar mee kon nemen. Maar ook dat stelde ze uit. Ze liep terug en ging de tuin in. Toevallig was Ralph daar aan het roken. Ze vroeg om een sigaret. Die kreeg ze. Stilzwijgend rookten ze samen sigaret na sigaret. Tot ze er licht misselijk van werd. 'Weet je, ik vind het fijn bij je te zijn,' zei ze tegen Ralph. 'Ja, het voelt goed hè. Ik begin het hier bijna gezellig te vinden met jou erbij. Voor jouw komst was het hier een dooie bende, geloof me.' 'Haha, ik heb het geluk jou direct te treffen bij aankomst hier. Zo is het goed te doen in de kliniek vind ik.' 'Samen sta je sterker hè, zeggen ze. Ik wil graag je matje blijven, ook als we hier beiden weg zijn. Vind je dat goed?' 'Ja, lijkt me fijn. Af en toe even afspreken of zo.' 'Echt? Geweldig. Zie je, soms moeten dingen gaan zoals ze gaan. Zelfs fouten of moeilijkheden kunnen je op een mooi pad brengen. Want ik vind je heel bijzonder hoor. Een eer om met je te babbelen. Haha.' Ze moesten allebei lachen. Een verpleegkundige keek nieuwsgierig de tuin in om te kijken wie er waren en waarom er überhaupt lol was. Niet dat dat met één blik op hen op te merken was, maar hij waagde zijn poging. 'Tsja,' legde Ralph haar uit, 'de grap is dat je je hier neutraal moet voelen; niet te goed en niet te slecht. Als je je te goed voelt noemen ze je manisch. En als je je te slecht voelt ben je depri of in de war. Maar wat is neutraal? Dat is een lastige. Je kunt het hier eigenlijk nooit goed genoeg doen. Maar als het je lukt geen hoge pieken of lage dalen te laten zien de komende periode en de medicatie die je krijgt slaat goed aan, dan ben je hier zo weg. Ik ben vooralsnog waarschijnlijk te communicatief geweest. Stille mensen stellen ze erg op prijs. Die kosten hun namelijk geen energie. Daar kunnen ze niets mee of doen ze in ieder geval weinig mee, ook al hebben dat soort types vaak diepere gronden.' 'Oké, dat is goed om te weten. Ik zal me een beetje inhouden met lachen dan. Logisch vind ik het niet. Vrolijk zijn is toch juist goed? Hoe kunnen ze nou vinden dat iemand te vrolijk is. Dat is pure jaloezie waarom ze dat dwarsbomen en willen zien als een ziekte.' 'Dan zijn we het daar helemaal over eens,' zei Ralph en klapte op haar knie. Waarom hij dat deed wist ze niet. Maar het kwam vriendschappelijk over.

Dora was bij de prelude van de zesde cellosuite beland. Ze vond het de moeilijkste prelude. Voor dit deel moest ze namelijk het vaakst de duimpositie gebruiken om hem goed te kunnen spelen. En ze had nu niet superveel vlees of eelt zitten op de plek rechts naast haar linker duimnagel waar ze de D-snaar mee moest indrukken. Ze zou toch iets vaker duimpositie moeten studeren om eelt te kweken. Maar het was een regelrechte kwelling, die ze het liefst vermeed. Dat werkte helaas juist averechts. Als ze niet oefende, kreeg ze geen eelt en zou het pijn blijven doen. Dus ze moest er een keer aan geloven. Maar vandaag niet. Ze wilde ontspannen vandaag. Ze speelde de laatste prelude een keer door en hield het cellospelen toen even voor gezien. Ze trok sneakers aan, nam haar telefoon mee en ging naar buiten. Ze liep door de stad. Ging een paar kledingwinkels en schoenenzaken in en keek rond zonder iets te kopen. In de winkelstraat keek ze gefascineerd naar de op verschillende manieren modieuze meiden die ze tegenkwam. Zoveel stijl hadden sommige. Zelf hield ze meer van comfort dan van mode. Maar een combi daarvan zou ideaal zijn. Vroeger kocht ze vaak hakken, omdat ze die mooi vond staan. Maar ze liep er zelden op. Dat vond ze veel te pijnlijk. Er moesten toch ook andere manieren zijn om er leuk uit te zien, dacht ze. Daar was ze nog steeds naar op zoek. Korte strakke rokjes met sneakers eronder vond ze best sexy staan. Maar daar kon ze niet mee aankomen op een repetitie waarbij ze haar cello tussen haar benen neer moest zetten. Dus was het toch vaak een korte spijkerbroek wat haar ook niet verkeerd stond. Ze had best mooie benen vond ze zelf. Niet enorm gespierd, maar ook niet blubberig. Ze was gezegend met cellulitisvrije benen en die liet ze vaak dankbaar het daglicht zien. Daarboven droeg ze vaak een wijd T-shirt. Dat kon wel leuker vond ze. Hoewel ze die voorlopig waarschijnlijk graag zou gaan dragen met haar groeiende buik. Daarnaast hadden haar sneakers hun beste dagen wel weer gezien. Sneakers shoppen werd het dus. Ze vond een leuk exemplaar. Sneakers van zijdestof in het legergroen met een heerlijk lopende zool. Wel een beetje prijzig, maar goed. Zo vaak shopte ze nu ook weer niet. Ze ging zitten aan een terrasje en bestelde een ijsthee. Ze dacht aan Jason. Zou ze hem bellen en vragen of hij haar kwam joinen? Of Odylle? Ze belde Jason. 'Hi, ja leuk, ik kom er direct aan,' antwoordde Jason op haar vraag of hij een drankje wilde doen. Ze legde hem uit aan welk terrasje ze zat, hing op en belde ook even Odylle. Die was op haar kamer en nam op. 'Hoe is het met je meid?' vroeg ze. 'Gaat wel. Ik zit in de kliniek. Heb last van een psychose volgens de artsen hier.' 'O, wat erg, zal ik je straks op komen zoeken? Dan kunnen we even rustig praten.' 'Ja, is goed, kom je vanavond? Het bezoek mag dan tussen 19:00 uur en 21:00 uur langskomen. Vanmiddag wilde ik even met Marcel op pad, wat kleding kopen.'

'Maar je hebt toch zat kleding?' 'Ja, maar ik voel me er niet echt lekker in. Ik wil voor wat comfortabelers gaan.' 'O, oké, dat lijkt me verstandig, zeker nu je in zo'n oord zit. Dan moet je je wel prettig voelen in je kleding. Ik zie je vanavond dan. Hou je sterk hè.' 'Ja, dank je, tot straks.'

Daar kwam Jason al aan op zijn scooter. Hij zag er leuk uit. Hij droeg een witte linnen bloes met korte mouwen en een witte linnen broek erbij. Daaronder bruine zomerse leren schoenen. Ze zuchtte even en dacht: de vader van mijn kind, zo slecht heb ik het nog niet getroffen. Hij gaf haar een knuffel en kwam bij haar zitten. Geen zoen? dacht ze, nou ja. 'Wat een nieuws hé. Hoe voel je je?' vroeg Jason. 'Ik voel me goed, alleen wat moe overdag en misselijk 's ochtends.' 'Jeetje, een kind. Je wilt het houden hè? Ik moet nog een beetje aan het idee wennen. Maar je hebt gelijk. Laten weghalen zou afschuwelijk en barbaars zijn. Bovendien wil ik er voor jou en ons kind zijn. En ik heb tijd zat, dus alles moet goed komen.' Ze moest glimlachen en zei: 'Zoals je er de laatste dagen voor me was? Waar was je mee bezig eigenlijk? Niet eens een telefoontje kon ervanaf.' Jason bloosde schaamtevol. 'Ja, ik weet het ook niet. Had even tijd voor mezelf nodig, denk ik.' 'Voor jezelf of voor een andere dame?' vroeg ze door. Hij antwoordde niet. Wilde niet tegen haar liegen. Maar haar ook niet de waarheid vertellen. Hij keek naar haar en probeerde met zijn ogen te vertellen dat hij meer om haar gaf dan om wie dan ook. 'Sorry,' zei hij, 'ik weet niet wat me bezielde. Maar je moet weten dat jij heel belangrijk voor me bent. Ik geef om je en om dat schattige kindje in jouw buik. Laten we er samen goed voor gaan zorgen. Ik zal er voor je zijn. Dat beloof ik.' Hij meende wat hij zei en wilde de affaire met Joyce achter zich laten. 'Momentje, ik ga even naar het toilet.' Daar pakte hij zijn mobieltje uit zijn achterzak en blokkeerde het nummer van Joyce. Dat was niet echt netjes, maar hij had totaal geen zin in contact meer met haar nu hij zijn verantwoordelijkheid wilde nemen voor het kind. Zelfs een afscheidsbericht aan Joyce zou een belediging kunnen zijn voor Dora. En hij wilde alleen haar respecteren en geen andere vrouw meer enige vorm van aandacht schenken. Hij liep terug naar Dora en gaf haar een zoen op haar wang. Toen pakte hij haar hand en streelde die. 'Jij mooie vrouw, wat doe je me aan? Eerst vang je me met je schoonheid, dan met je liefde voor mij en nu met een kind. Ik kan geen kant meer op.' Hij lachte. 'Dus maak je geen zorgen.' 'Goed,' zei ze, 'we zullen zien. Ik houd inderdaad echt van je. Maar snap niet dat je er ook maar aan kon denken het kind weg te laten halen. Dat deed me echt pijn. Want het kind is ook een deel van mij, weet je? Het is geen speelgoed, waar je niet mee speelt als het je niet uitkomt of zelfs weggooit als het beschadigd is. Ons kind is een levend wezen dat nu al onze liefde verdient.' Hij knikte en pinkte een traan weg. Hij was ontroerd door haar woorden. Hij kon het kind niet zien, maar wel de aanwezigheid ervan voelen. En het raakte hem dat hij zo'n geschenk kreeg. 'Ik zal je altijd dankbaar zijn, lieve Dora, dat je mij zo'n mooi kind geeft.' Ze lachte. 'Je hebt het nog niet eens gezien joh, misschien is het wel een monstertje.' 'Zelfs dan,' glimlachte hij, 'dan hebben we het mooiste monstertje op aarde.' Odylle belde om Dora te vragen of die wat joggingpakken voor haar kon kopen en pantoffels, want Marcel kon door een werkafspraak niet met haar shoppen. Dora kende Odylles maten wel, dus dat hoefde ze niet uit te leggen. De kleding en pantoffels moesten vooral heel zacht van binnen zijn en het liefst wilde ze de kleding ook in zachte lichte kleuren, legde Odylle haar uit. De pantoffels mochten wel een dierenprint hebben. Een tijgerkop boven haar tenen vond ze bijvoorbeeld leuk. 'Komt goed,' zei Dora, 'ik ga zo wel even met Jason shoppen.' Ze keek Jason vragend aan en hij knikte zijn akkoord. 'Ik neem vanavond wel wat mee. Sterkte schat. Tot zo!' 'Dank je wel. Je bent een engel.' En Odylle hing op.

Dora en Jason waren wel twee uur zoet met het zoeken naar geschikte joggingkleding en pantoffels voor Odylle. Met hun armen in elkaar gehaakt liepen ze verliefd door de straten en gingen ze winkeltje in en winkeltje uit. Jason was blij dat ze Joyce niet tegenkwamen. Daarna aten ze in een klein restaurant nog een pizza met tonijn, ui en veel kaas. Innig namen ze daarna afscheid van elkaar.

Om stipt 19:00 uur belde Dora aan bij de receptie van de kliniek. De glazen deuren schoven open. Bij de receptie gaf ze aan voor wie ze kwam. De receptioniste zocht de bijbehorende afdeling op in haar computer en legde haar vanaf haar bureaustoel de weg uit. Bij de afdeling High Intensive Care 3 aangekomen moest ze weer aanbellen. Een verpleegkundige deed de deur van het slot. 'Goedenavond, ik kom voor Odylle. Is ze er?' 'Ja hoor, die is aanwezig. Ze zit in de huiskamer. Ik zal haar even ophalen voor je, dan kunnen jullie samen naar de bezoekruimte gaan.' Odylle kwam meer aangesloft dan aangelopen. De medicatie Acemap die haar nu voorgeschreven werd, maakte haar heel duf. Plus ze had weinig geslapen. Vanochtend om 4:00 uur was ze al wakker geworden. Ze was naar de verpleging gelopen en had gevraagd of ze haar moeder mocht bellen, want haar telefoon deed het niet. Ze was de pincode vergeten, had geen pukcode bij zich en kon die ook moeilijk natrekken zonder telefoon. Daarna was ze terug naar haar kamer gegaan en had gehuild,want ze mocht zo vroeg niet bellen. Ze miste de stem van haar moeder op de een of andere manier. Terwijl ze helemaal niet zo close waren en elkaar niet vaak zagen of spraken. Ze had toen bedacht dat ze haar haar wilde scheren net als Clara, een andere patiënte. Ze begon langs de zijkanten te scheren. Maar behalve haar eigen haar had ze ook het donkerrode haar met fijne krullen van haar moeder van haar hoofd zien vallen. Het was een rare gewaarwording, maar het luchtte op. Ze vond het een fijn idee dat tenminste haar haren in contact waren gekomen met haar moeders haren. Ze legde de twee kleuren haar op de bovenste plank van haar kledingkast, zodat een nieuwsgierige verpleger of schoonmaker die niet zo snel zou zien. Toen ze terugkeerde naar de spiegel besloot ze op te houden met scheren. Het zou zonde zijn. Bovendien zag er nu al veellelijker uit, had ze tevreden vastgesteld.

Dora knipperde even met haar ogen toen ze Odylle in het gangpad van dichtbij zag. Ze had haar lange haar in een staart en haar veranderde kapsel viel nogal op. Maar wijs zei ze er niets over. Ze omhelsden elkaar lang en streken over elkaars rug. 'Dag lieverd, fijn je te zien,' zei Dora. 'Ja, echt wel,' uitte Odylle blij. Ze liepen naar de bezoekruimte en ploften neer op de nogal harde plastic banken met kussens in geel, donkerpaars en blauw. Odylle droeg een spijkerbroek en een strak lichtpaars truitje en snuffelde opgetogen in de enorme tas vol kleding die Dora had meegenomen. Alles was perfect. Ze trok meteen de sloffen met zebraprint over haar lichtpaarse sokken met hartjespatroon aan. Ze bedankte Dora voor de heerlijke kleding en ze omhelsden elkaar weer. 'Hoe gaat het hier met je?' 'Het gaat redelijk goed, ik heb al wat vrienden gemaakt hier. De mensen zijn echt chill, behalve de verplegers dan. Die hebben volgens mij niet zoveel plezier in hun werk. Kan ik me wel voorstellen hoor. Alles oogt hier zo saai. De enige leuke mensen zijn de patiënten en daar praten ze nauwelijks mee. Ze zijn ons vooral aan het observeren en typen en typen. Ik weet echt niet wat ze daar nu mee opschieten. Voor mij is dit tijdelijk, dat weet ik. Maar zij moeten dit dag in dag uit doen. Ik zou daar ook tureluurs van worden, op zijn minst chagrijnig.' Dora schudde haar hoofd en ze moesten beiden lachen. 'Hoop toch wel dat je hier snel weer weg bent hoor! Maar kom je hier een beetje tot rust voor je gevoel?' 'Nog niet echt, maar dat komt nog als het goed is. Ik twijfel of er niet betere medicatie voor me is. Ik voel me nogal onrustig met deze Acemap.' 'Praat erover met een arts zou ik zeggen, zo snel mogelijk. Je bent hier om geholpen te worden en niet om het nog moeilijker te krijgen als het goed is.' 'Ja, goed idee, ik ga als je weg bent direct een gesprek aanvragen bij de verpleging.' 'Oké dan, en verder nog nieuwtjes?' 'Ja, een leuke jongen ontmoet hier. Ralph heet ie.' 'Leuker dan Marcel?' 'Ja, veel leuker. Haha. Maar we zijn gewoon vrienden hoor.' 'Ben blij voor je, superfijn dat je iemand hebt om mee te praten toch? Anders overleef je het hier denk ik niet. De muffe lucht die hier hangt alleen al. En die harde banken. Joh, is je bed ook zo hard?' 'Yep, even verschrikkelijk. Zelfde materiaal waarschijnlijk. En het kussen is ook keihard. Kun je langs mijn huis gaan en een kussen meenemen volgende keer? Ik slaap zo slecht.' 'O schat, arme jij, tuurlijk, doe ik.' Na nog een tijdje gekletst te hebben over koetjes en kalfjes vertrok Dora. Ze vroeg zich af wat Odylle allemaal meemaakte in haar hoofd. Dat ze haar hoofd deels had geschoren, jeeminee! Maar ze had er niet naar durven vragen. Misschien een volgende keer.

Odylle kleedde zich meteen om en trok een zacht perzik-kleurig joggingpak aan. Daarna liep ze op haar nieuwe pantoffels naar de woonkamer. Daar zat Ralph op de stoffen bank een actiefilm te kijken. Ze ging naast hem zitten. 'Hai Odylle, waar was jij de hele tijd?' 'Ik had be-zoek van mijn vriendin Dora.' 'Leuk, is ze knap of lief?' 'Beide.' 'Dan heb je geluk. Dat zijn namelijk zeer zeldzame mensen. Blijf kijken met me, het is een leuke film.' 'Ik maak even thee. Wil je ook? En dan kom ik weer bij je zitten.' 'Ja, lekker. Ik maak zo wel een tosti voor je, want je at net als ik vrij weinig aan tafel. Hihi.' Zijn lach was aanstekelijk, ze lachte mee. Ze maakte toen thee, dronk thee en genoot even later van zijn tosti, terwijl de film langzaam afliep. Odylle pakte Ralphs linkerhand toen de film uit was. Ze keken elkaar lange tijd dromerig aan en alle ellendige flarden van hun levens leken voor een moment ver weg te fladderen als ondeugende vlinders. 'Zullen we stoppen met roken vanaf nu?' vroeg Odylle en ze zuchtte. 'Natuurlijk, dat doen we.' Ralph keek om zich heen of hij een verpleger zag rondlopen. Er was niemand in de ruimte behalve hen. Hij kuste haar zacht op haar lippen en streelde haar haar. Ze kroop dicht tegen hem aan. Nu wist ze zeker dat alles goed was.

En Dora? Die begon rond het uur van de wolf in haar nakie de preludes te spelen voor Jason en hun kleine monstertje om hen een gelukzalig moment te bezorgen. Jason genoot in ieder geval. Hij luisterde met ogen dicht. Wat eigenlijk zonde was van het beeld voor hem. Maar zo ademde hij iedere liefdevol gespeelde noot vol ontspanning in. Ook Dora sloot haar ogen terwijl ze speelde. Heel even namen de warme klanken van haar cello de wereld over. Zo leek het.

Mr. Noire is nooit gevonden.

HERZ FÜR AUTOREN A HEART FOR AUTHORS À L'ÉCOUTE DES AUTEURS MIA KAI
HJÄRTA FÖR FÖRFATTARE UN CORAZÓN POR LOS AUTORES YAZARLARIMIZA GÖNÜ
CUORE PER AUTORI ET HJERTE FOR FORFATTERE EEN HART VOOR SCHRIJVERS TE
SZERZŐINKÉRT SERCE DLA AUTORÓW EIN HERZ FÜR AUTOREN A HEART FOR AUTH
CORAÇÃO ВСЕЙ ДУШОЙ К АВТОРАМ ETT HJÄRTA FÖR FÖRFATTARE À LA ESCUCHA
MIA ΚΑΡΔΙΆ ΓΙΑ ΣΥΓΓΡΑΦΕΙΣ UN CUORE PER AUTORI ET HJERTE FOR FORF
SZERZŐINKÉRT SERCE DLA AUTORÓW
CORAÇÃO ВСЕЙ ДУШОЙ К АВТОРАМ E

De auteur

Daniëlle Buizer is een spirituele en artistieke
vrouw, die als celliste mooie ervaringen meemaakte. Zo soleerde ze voor toenmalig Hare Majesteit
Koningin Beatrix en trad ze op als soliste in het
Koninklijk Concertgebouw. Na de heftige uithuis-
plaatsingen van haar kids die ze meemaakte werd
ze in december 2020 eindelijk herenigd met haar
kinderen en voltooide ze deze novelle. Dromen die
uitkwamen …